CH00411366

El pirat Garrapata en Japón

Juan Muñoz Martín

Colección dirigida por Marinella Terzi

© Juan Muñoz Martín, 2004
© de las ilustraciones: Antonio Tello, 2004
© Ediciones SM, 2004
   Impresores, 15
   Urbanización Prado del Espino
   28660 Boadilla del Monte (Madrid)

ISBN: 84-675-0198-7
Depósito legal: M-19762-2004
Preimpresión: Grafilia, SL
Impreso en España / Printed in Spain
Imprenta SM - Joaquín Turina, 39 - 28044 Madrid

PERSONAJES POR ORDEN DE APARICIÓN

Garrapata
Shi Hoang Ti, Emperador de China
Doctor Cuchareta
Carafoca
Lechuza Flaca
La Armadura
Floripondia
El Chino
Chaparrete
Koskorrón, Emperador del Japón
Chundarata, Emperador traidor
Miss Laurenciana
El Pulpo
Comadreja
El Orangután
Tocinete
Kuchikuchi, Emperatriz del Japón
Kalakuchala, el mayordomo
Los chundarateros, soldados del traidor
    Chundarata
Kafuka, jefe del islote
Kuchillokín, almirante de la flota del falso
    emperador

Kukuruchi, chambelán segundo
  de Chundarata
Moñiko, peluquero del Chundaratón
Rigolín, el gato del Chundaratón

LUGARES Y COSAS

Fujiyama
Piraña, barco japonés de Garrapata
Kocimuka, barco-plataforma del Emperador
  traidor
Chundaratón, barco insignia de Chundarata
Caimanes Amarillos, pequeño islote donde
  se refugia Garrapata
Castillo de Barbasucia

ANTECEDENTES HISTÓRICOS

En 1338 hubo en Japón una lucha terrible
entre el Emperador Daigo II y su ambicio-
so gobernador Ashikaga Takausi. El traidor
Ashikaga se nombró emperador y quiso des-
tronar a su señor Daigo II.

Este terrible periodo de 1338 a 1392 se llamó "la Época de los Dos Emperadores".

ANTECEDENTES LEGENDARIOS

Un héroe extranjero, llegado de China, aterriza en el palacio de Daigo II, en una gigantesca águila real. Este héroe interviene en estas espantosas luchas, con una astucia y un valor inigualables. Las crónicas nos dicen que se llamaba Galapata "ゼンチン" y hablan también de otro guerrero, un tal Kalafoka "ルゼン", y de otros compañeros, que fueron nombrados samuráis por el emperador Daigo II y que salvaron su trono gracias a las inverosímiles hazañas que aquí se cuentan.

PRIMERA PARTE
LA LLEGADA

1 El vampiro

Los siete túneles - El vampiro
Los brazos - La carta

ESTABAN Garrapata y los suyos pensando por cuál de los siete túneles escaparían del terrible terremoto que sacudía el palacio del Emperador Shi Hoang Ti, cuando ocurrió algo espeluznante.

Por uno de los siete túneles, el más oscuro y lleno de telarañas de todos, apareció un enorme ratón volador, que empezó a volar sobre el armario de Garrapata, que flotaba en una corriente tumultuosa.

—¡Cuidado, es un moharra! –exclamó el doctor Cuchareta.

—¿Y eso qué es? –preguntó alarmado Garrapata.

—Un vampiro orejudo que vive en las grutas de China.

—¿Y qué hace?

—Come higos chumbos y castañas pilongas, pero a veces muerde, chupa la sangre y te produce la rabia y el sarampión.

Carafoca se metió en un cajón del enorme armario y se puso a llorar de espanto. El doctor Cuchareta, para consolarle y tranquilizarle, sacó su libro y buscó la página 485, que trataba de vampiros.

—Ese pajarraco es un quiróptero de la familia de los filostomátidos, que te pican y te quedas como un higo seco. Por lo demás es completamente inofensivo; si no te pica, no tienes ni que rascarte.

—¿Y si te pica? –preguntó Lechuza Flaca

—Pues tampoco te rascas, pero vas al cementerio.

Lo más extraño era que el vampiro comenzó a dar vueltas sobre el armario de Garrapata, como si tuviera hambre o sed. Garrapata tuvo una idea y dijo:

—¿Quién quiere salvar a la tripulación?

—¡Yo! –gritaron todos valientemente.

12

—Está bien. El que quiera que levante el brazo.

Todos levantaron el brazo.

—El que quiera que se remangue la camisa y se deje picar por el bicho.

Todos se pusieron la chaqueta y el impermeable. Fue la Armadura la única que sacó valientemente el brazo. El vampiro picó y se lanzó sobre aquel tierno brazo. Bajó, se posó, mordió y se hizo polvo los dientes, los colmillos y cuatro muelas.

El cocinero le atizó con el rodillo de la cocina y el vampiro se mareó. Era un enorme vampiro de alas peludas y cara ratonina, tenía cola y alas de 0,50 metros.

—¿Qué lleva en las garras? –preguntó Floripondia.

—Una calta –exclamó el Chino.

2 El vuelo

Koskorrón - El Japón - Los numeritos
Síganme

EL doctor Cuchareta cogió la carta y se la dio a Garrapata.

—¿De dónde es el sello? –preguntó Chaparrete.

—Del Japón. Del Imperio del Sol Naciente.

—¿Y a quién va dirigida?

—¡Atiza, a mí! –exclamó Garrapata–. Pobre vampiro, no era transmisor de la rabia sino un humilde transmisor del correo aéreo.

Garrapata ordenó hacerle la respiración artificial y el animal abrió los ojos. Mientras, Garrapata fue a leer la carta.

—¡Atiza, no sé leer! –exclamó de pronto–. ¡Qué lástima!

Ya iba a tirar la carta, cuando el doctor Cuchareta la cogió en el aire y la leyó:

Empeladol chino Shi Hoang Ti.
Estimado amigo:
Soy Koskorrón, Emperador del Japón.
Estoy cercado en Karkajada
por el traidor Chundarata.
Mándame a Garrapata.

—¿Dónde está el Japón? –preguntó asombrado Garrapata.

—A dos mil kilómetros –contestó Cuchareta.

—¿Y eso es mucho?

—Dios millones de metros, veinte millones de decímetros, doscientos millones de centímetros, dos mil millones de milímetros, veinte mil millones de millones de...

—¡Basta, basta! Y dime: ¿cuánto tardaríamos en llegar andando a tan apartado país?

—Dos años, o sea setecientos treinta días, diecisiete mil quinientas veinte horas, un millón cincuenta y un mil doscientos minutos, sesenta y tres millones sesenta y dos mil segundos.

—¡Se acabó de numeritos! –gritó asqueado Garrapata–. Me voy al Japón a salvar al emperador Koskorrón. Quien quiera que me siga.

Y Garrapata, observando una soga o liana que colgaba de un largo túnel que desembocaba en el techo, saltó, cogió la cuerda y trepó como una ardilla gritando: "¡El que quiera que me siga! ¡Yo me voy por ese túnel!".

Todos se agarraron a la cuerda y treparon por aquel larguísimo pozo, lleno de matas escurridizas, ranas y escarabajos de agua.

Al llegar arriba vieron un enorme barranco, por el que se veía el mar y el valle.

3 Rumbo al Japón

*El salto del águila - Los doce
pasajeros - Adiós a la China*

Eʟ túnel desembocaba en la cima de un
alto monte lleno de recovecos, barrancos y
agujeros donde habitaban cientos de águilas,
aguiluchos, lechuzas y halcones.

A todo esto, el vampiro volaba rumbo a
Japón y Garrapata no lo pensó siete veces.
Pasaba cerca un águila real, como de siete
metros, si no eran catorce, y Garrapata dio
un salto sobre la gigantesca águila real, se
montó sobre ella y salió disparado por un
barranco.

—¡Rumbo al Japón! –gritó Garrapata.

—Esperad –gritó Floripondia.

La joven aún tuvo tiempo de agarrarse a
las patas del ave y salió también volando,

a una velocidad vertiginosa. Todos los garra-pateros se quedaron con la boca abierta y más, cuando miss Laurenciana dio otro salto y se asió a los pies de Floripondia, que ya volaba arrastrada por la enorme ave.

—¡Atiza! –exclamaron todos.

No acababan de decir "atiza", cuando Ca-rafoca dio otro brinco, atrapó los pies de miss Laurenciana y salió también volando en dirección al Japón.

—¡Caracoles! –exclamaron los que queda-ban.

No acababan de decir "caraco", cuando el Pulpo alzó súbitamente ocho de sus brazos y se agarró a las piernas de Carafoca. Los de-más garrapateros no lo dudaron mucho. Die-ron otro brinco y Comadreja, la Armadura, Lechuga Flaca, Chaparrete, el Orangután, Cuchareta, Tocinete y el Chino se aferraron a las patas del Pulpo y salieron volando.

—¡Adiós! –gritaron los doce aguerridos as-tronautas, perdiéndose en la bruma del mar.

—¡Adiós! –gritó el emperador Shi Hoang Ti, sacudiendo su pañuelo desde el balcón de palacio, en señal de despedida.

18

4 El viaje

Volando - Los pies mojados
El Fujïyama - Aterrizaje nocturno
La sartén

EL águila cruzó el Mar Amarillo y el Mar del Japón.

—¡Mirad! –gritaron los marineros–. ¡Un águila llena de gente!

La pobre ave iba con la lengua fuera. Jamás había llevado tanto peso. A veces, un buey, un par de ovejas, ¡pero doce personas! El que peor lo pasaba era el Chino, que iba al final de la cadena voladora. La espuma del mar le mojaba las zapatillas, a veces el agua le cubría hasta la cabeza y los peces se le metían en los bolsillos, y un pez espada le hizo un siete en los pantalones.

Al fin, a las veinte horas de vuelo, llegó

el águila al Japón. Entró por el oeste y pasó sobre el Fujiyama, que arrojaba chispas y lava en la noche oscura. El Chino pudo calentarse los pies, aunque estuvo a punto de chamuscarse los calcetines.

—¡Socorro!

A los gritos del Chino, Garrapata cambió el rumbo, torció el cuello del águila y esta se dirigió a una luz lejana que se veía hacia el Nordeste.

—¡Rumbo a Karkajada! –gritó el pirata.

A las dos horas, la luz se hizo cada vez más brillante.

—Ya estamos. Ese es el patio del castillo de Karkajada y esa es la hoguera donde los soldados del Emperador Koskorrón pasan las tristes noches del asedio.

Dicho esto, Garrapata pisó el freno y el águila bajó en picado, hacia el patio del castillo.

—¡Nos estrellamos! –gritó Floripondia.

—Poneos los cinturones –ordenó Garrapata.

No hubo tiempo. El águila bajó la cabeza, plegó las alas y fue a caer en un montón de paja donde comían los caballos. Carafoca, sin embargo, cayó sobre la sartén, donde los soldados freían una tanda de patatas. La sartén se fue al tejado y las patatas fueron a aterrizar al campamento contrario.

Centinela alerta

Adiós cena - Los intrusos

Lo primero que hicieron los soldados fue quedarse sin patatas fritas. Una furia incontenible sacudió a los treinta centinelas del castillo que se calentaban alrededor de la hoguera. ¡Adiós cena, adiós patatas, adiós sartén!

¿Quiénes eran aquellos intrusos llegados de otras galaxias? ¿Quién era aquel extraño personaje con ojo de vidrio, sin pata, sin mano, cojo, manco, tuerto y con la cara llena de viruelas? ¿Quién era este otro, con cara de foca marina, bigotudo y estúpido, que brincaba entre las llamas? ¿Y aquel pulpo vestido de marinero? ¿Y aquella vieja, con un paraguas? ¿Serían del circo? ¿Serían espías de Chundarata? Por si las moscas, los treinta centinelas del castillo sacaron sus espadas, se pusieron los yelmos y se lanzaron, como tigres, sobre los doce recién llegados por los aires, a bordo del gigantesco pajarraco.

Garrapata, enarbolando un rastrillo en su mano y un saco lleno de paja en el gancho, rechazó el brutal ataque de los centinelas.

—¡A mí, mis marineros! –gritó Garrapata.

Carafoca agarró una hoz y comenzó a dar cuchilladas en el aire gritando:

—Atrás, somos gente de paz y venís con espadas. ¡Tomad guerra!

Y, a cada cuchillada con la hoz, cortaba la rueda de un carro o rajaba una puerta o segaba los geranios reales que adornaban el patio. El pulpo, con sus dieciocho puños, golpeaba a los treinta centinelas, poniendo narices aplastadas, ojos a la virulé y chichones en la frente.

6 Confusión

El paraguas - Algarada en el corral
¿Chundarata? - ¿El circo?

¡QUÉ jaleo! Miss Laurenciana, con su mortífero paraguas, golpeaba a unos y a otros y les producía cosquillas y temibles ataques de risa. La armadura, en medio del fuego, lanzaba tizones encendidos contra los centinelas.

El Chino, escondido entre las sombras, abrió las puertas de los gallineros imperiales, las pocilgas, cuadras y establos, y llenó el patio de cerdos, vacas, gallinas, cabras, patos, cacareos y rebuznos. El Emperador asomó asustado por la ventana y preguntó:

—¿Qué pasa, esta noche, aquí?

—Ataque, majestad. Ataque general.

—Serán las tropas del traidor Chundarata –exclamó el Emperador.

—Peor. Es gente desconocida, estrafalaria y estrambótica.

—¿Estrafalaria y estrambótica?

—Sí, majestad. Hay un pulpo, una armadura, un orangután, un cojo, una vieja con un paraguas, etcétera.

—¡Será el circo! –exclamó el emperador Koskorrón.

—No, majestad. Estos arrean fuerte. Hay ya veinte heridos y un muerto entre vuestras filas.

—¿Un muerto?

—Sí. Un pavo real.

—Bajo enseguida. Mi brazo hercúleo castigará esa insolencia. Voy a ponerme el traje.

Y el Emperador se colocó su casco, tomó su espada y escudo, y bajó al patio. Al primero que vio fue a Garrapata.

—Vas a morir, cobarde.

—Prefiero vivir –rugió Garrapata.

—Pues toma.

7 Desconcierto

Torneo de espadas - ¿Quién sois?
Los cromos - Los verdaderos personajes

Y el Emperador blandió su espada y la descargó sobre Garrapata, que estaba subido sobre un grueso tronco de árbol. Garrapata apartó el cuerpo, y la espada partió en dos el tronco de madera.

—Poderoso sois –exclamó Garrapata–, pero mirad.

Y Garrapata levantó su espada y partió en dos una columna de piedra que sostenía el balcón del palacio.

—¿Quién sois que tan fuertes bíceps escondéis en vuestros brazos? –preguntó asombrado el Emperador.

—Soy Garrapata.

Nada más oír esto, el Emperador tiró la espada y abrazó al héroe de esta historia.

—¿Sois Garrapata? Solo él podía hacerlo. ¿Garrapata, verdad?

—El mismo que viste y calza.

—Gracias sean dadas al divino Confucio por traeros a mi palacio. Pasad, pasad y comamos y charlemos.

Y Garrapata y los suyos pasaron al magnífico comedor, entre honores y aplausos. El Emperador ofreció sillas y dijo:

—¡Qué honor, qué alegría! Sentaos aquí, junto a mi sillón, y cenemos ricos filetes de ballena, calamares en su tinta y nidos de golondrina.

Garrapata se sentó y el Emperador desdobló la servilleta y preguntó:

—¿Y quién es este hercúleo gladiador que ha pelado mis geranios y ha rajado las puertas y las ruedas de mis carros?

—Es Carafoca.

El Emperador se levantó y abrazó emocionado a Carafoca y, sacando de su cartera unos cromos de colores, dijo con voz temblorosa:

—Es maravilloso. Mirad; aquí tengo los cromos de vuestros guerreros, me los sé de memoria. ¿Es que acaso han llegado todos con vos y están aquí?

Garrapata afirmó con la cabeza y contestó:

Ese es Comadreja, que, como veis, tiene cara de almeja. Es prudente como una serpiente y solo le falta un diente. Ese otro es Lechuza Flaca, que tiene cara de petaca, todo le sale al revés; si dice cinco, son diez. Y ese de tanto brazo es el Pulpo, que ha nacido en Acapulco. Y ese de color pepino es el Chino.

—¿Y aquel de férrea figura?

—Es la Armadura. De un golpe te manda a la sepultura –exclamó el Emperador.

8 Los héroes

El banquete - Rollito de primavera
El rollo de la cocina - El chichón
Tomando café - Yo os salvaré

EL Emperador estaba maravillado y no probaba bocado, contemplando sus cromos, y los comparaba con los héroes de carne y hueso que comían en su mesa.

—¿Y aquel? ¿Quién es aquel?

—El Orangután, es fuerte como Tarzán. Tiene bigote y se ha leído el Quijote.

El Emperador, con los ojos asombrados, estaba mirando y remirando tantos héroes ilustres, sentados ante su mesa, cuando su rostro se transfiguró, sus ojos se hicieron como platos y gritó:

—¡Oh luz del sol naciente, oh nenúfar, oh flor de loto, oh fuego del Fujiyama, ¿qué veo? ¿No es la sin par Floripondia, flor de flores?

Y el Emperador cayó de rodillas ante Floripondia, que, en ese momento, masticaba un rollito de primavera con mayonesa. En ese momento también, la Emperatriz Kuchikuchi cogió el rollo de la cocina y lo aproximó a la cabeza de su esposo con gran violencia, rabia y contundencia, diciendo:

—Apartad la vista de ese manjar, como la mosca ante pastel, porque os pueden sacudir.

Y le sacudió, lo que hizo retornar a la realidad al gran Emperador, con un enorme chichón en el parietal derecho. Aquel incidente puso fin a la comida y el Emperador, vuelto en sí y a la realidad, se levantó y dijo:

—Pasemos a tomar café al saloncillo de las esculturas y tomemos también decisiones transcendentales.

Estaban tomando café, cuando se abrió la puerta y llegó Kalakuchala, mayordomo mayor, con la lengua afuera:

—¿Qué os ocurre, Kalakuchala? –preguntó Koskorrón.

—¡Las máquinas de guerra del enemigo, se acercan, Señor!

El Emperador palideció y dijo:

—¿Qué hacemos? ¿Rendirnos?

—¡No tal! –gritó Garrapata.

—Sí tal –se lamentó el Emperador–. Rodeados estamos de catapultas gigantescas, máquinas, torres, ballestas, aceite hirviendo...

¿Qué hacer? ¿Qué no hacer?

Garrapata rechinó los dientes y exclamó lleno de valor y arrojo:

—Señor, me habéis llamado y os defenderé con uñas y dientes. Yo os salvaré con mi ejército.

9 La investidura

Los doce samuráis - Los espadazos
Otra vez el rodillo - A la lucha
Trescientos escalones - Disfrazados

EL Emperador se levantó y abrazó a Garrapata, descolgó de la pared una espada y dijo:

—Os nombro samurái del Emperador. Moriréis por mí y os pagaré bien. Mi espada os bendice.

Y golpeó con la espada, en el hombro de Garrapata, en el hombro de Carafoca, de Cuchareta, del Chino. Y dijo el Chino:

—¡Uf! No golpeéis tan fuerte, que me producís la muerte.

Rió el Emperador y siguió la ceremonia con el Orangután, la Armadura y los demás. Al llegar a Floripondia, sus ojos se nublaron ante su belleza, y se nublaron aún más al recibir otro golpe de la Emperatriz con el rodillo de la cocina. Todo terminó con gran emoción. Todos bendijeron su espada y su golpe y Garrapata inmediatamente pasó a la acción.

—Vamos, el tiempo urge. ¿Tenéis ahí trajes y atuendos de los sitiadores? –preguntó Garrapata al Emperador.

—Tenemos los de algunos prisioneros que intentaron entrar en nuestro castillo, por las alcantarillas. Encerrados están y sus trajes almacenados en los guardarropas de la cárcel.

Garrapata pidió las llaves a Kalakuchala, se despidió del Emperador y desapareció con los demás garrapateros por las tenebrosas escaleras de palacio.

—Vamos a la muerte –respondió Garrapata.

—Que Confucio y Buda la aparten de vuestras cabezas y os den la victoria –murmuró el Emperador, inclinándose ante una estatua de Buda, que se hallaba en un altar lleno de velas.

Garrapata siguió las pisadas de Kalakuchala. Después de bajar trescientos escalones, se encontró en los comedores de las cárceles. Olía que apestaba y se oían las cadenas que los prisioneros arrastraban por el suelo. El almacén estaba lleno de perchas. Y las perchas llenas de trajes, como en el guardarropa de un teatro.

—¿De qué nos disfrazamos?

—De lo que sea, pero pronto. El tiempo vuela.

10 ¡Fuera!

*Los trescientos espartanos - Trampas
Huesos - Pupa - ¡Socorro!*

A LA media hora, todos estaban disfrazados. El mayordomo Kalakuchala abrazó a
Garrapata y le indicó el corredor de salida
que pasaba quince metros por debajo de las
murallas.

—¡Adiós, suerte! Salvadnos. No sé lo que
podéis hacer, oh Garrapata. Con diez hombres ¿cómo podéis luchar contra diez mil?

—Como los espartanos en las Termópilas
–respondió Garrapata con fiereza.

—Pero aquellos, oh Garrapata, eran trescientos.

—Lucharemos treinta veces cada uno, oh
Kalakuchala.

Y Garrapata y los suyos desaparecieron por

las lúgubres escaleras, en dirección al temible campamento de los chundarateros. Lo peor era pasar por debajo de las murallas del castillo. Estaban llenos de trampas que atrapaban al que las rozaba. En ellas había restos de huesos humanos encadenados en sus ratoneras de alambre. Carafoca fue el primero que quedó aprisionado. Fue horroroso. Por coger un poco de queso, metió los hocicos en un cepo. Y sus fuertes resortes le dejaron pegado a la pared.

—¡Pupa! –gritó.

—¡Sí, menuda pupa! Te has roto el fémur y parte de la tibia, majadero –le regañó Garrapata.

El doctor Cuchareta le entablilló los huesos con unas maderas y le vendó con gasas y esparadrapos. El Chino cargó con él y todos siguieron por el camino subterráneo que los llevó por debajo del río. El agua manaba por doquier. Miss Laurenciana abrió su paraguas y valientemente cruzó los trescientos metros que se extendían bajo las aguas del enorme río.

—¡Socorro!

Un grito terrible atenazó las gargantas de todos.

—¿Qué pasa? –gritó Garrapata.

—¡Una gruta bajo el río, oscura y tenebrosa! –gritó Miss Laurenciana.

—Enciende una cerilla.

11 La salida

GARRAPATA, lleno de valor, acudió a tranquilizar a la anciana. Encendió una cerilla y una tremenda explosión hizo retemblar las bóvedas de la caverna.

—Es el azufre y el gas del cieno, que ha explotado. No respiréis y huyamos, como ratones, hacia la salida.

—No hay salida y yo me ahogo –sollozó Lechuga Flaca.

—Pues arrastraos por el suelo. El gas flota; si reptáis como lagartos, encontraréis aire puro. Todos al suelo.

Se arrastraron durante dos horas y llegaron al final del espantoso subterráneo. Una pared indicaba el final del túnel. Además, por si había duda, había un mojón de piedra con este cartelito:

KILÓMETRO CERO

FIN DE TRAYECTO

Garrapata ordenó golpear en la pared para derribarla y, a falta de mazos y martillos, Garrapata ordenó coger piedras y lanzarlas, con gran velocidad e ímpetu, contra el muro. El Pulpo cogió dieciocho pedruscos y los lanzó con energía, contra la pared. El orangután traía enormes piedras y, agarrado a ellas, se lanzaba contra el muro. Floripondia lanzaba solo piedrecitas con la protesta de todos.

—Así no vale. ¡Vaya piedrecitas!

Por la noche, la pared seguía donde estaba y los demás, medio muertos de fatiga, en el suelo, con las manos como felpudos. El Chino se arrastró por un lateral, muerto de cansancio, y de pronto gritó:

—Aquí hay una puerta.

Corrieron todos y vieron una puerta de

madera, carcomida por los años, por las car-
comas, por las termitas y por una oleada de
marabuntas y hormigas leones.

—¿Qué pone ahí?

Un cartelito, medio borrado por el tiempo
y las telarañas, ondeaba sobre la puerta.

PASEN SIN LLAMAR

SEGUNDA PARTE

EN TIERRAS DE CHUNDARATA

1 Enigma

Puerta de emergencia - En caso de peligro, llamen al guardia

CARAFOCA llamó con los nudillos y nadie salió. Comadreja llamó con el picaporte y no se abrió. Al fin, el pulpo golpeteó con sus dieciocho puños y alguien abrió la puerta. Ese alguien era un hombre vestido con quimono negro con estampados de calaveras. Fumaba una larga pipa, gastaba coleta y sus ojos apaisados y sus gafas "made in Japan" indicaban que era japonés.

—¿Cómo os llamáis, señor? –preguntó correctamente Garrapata.

—アル.ゼンチン

—No entiendo vuestro idioma. Traducid a lengua shakespeariana, o sea "made in London".

—Soy Fujiyama.

—¿Sois japonés? – preguntó Garrapata.

—¿Cómo lo habéis adivinado? –exclamó el cadavérico personaje.

—Vuestro amarillento semblante lo delata.

El personaje de aplatanado color preguntó a su vez:

—¿Y vos cómo aparecéis por aquí? Esta es la sala del Trono y tiene sus puertas de oro. Esta es una puerta secreta. ¿Cómo os llamáis? Decidlo o pereceréis. ¡Pronto!

—Es un secreto –contestó Garrapata astutamente.

—Entonces, pasad. Pasad al gran salón –exclamó el personaje intrigante.

Pasaron los diez recién llegados y se quedaron con la boca abierta.

2 El Emperador

El mapa - El flash - ¿La dama de Elche? - La costurera

EL gran salón tenía ocho puertas de oro, una alfombra roja de ochenta metros cuadrados, un sillón de caoba, con incrustaciones de oro y diamantes, ochenta arañas de cristal de Murano. Ochenta y siete sillas de plata, ochenta y siete espejos con marco de palosanto y dieciocho consolas de okume.

En el sillón, estaba el Emperador traidor. Era feo, calvo, le faltaban dos dientes y tenía el baile de San Vito y padecía sarampión y tos ferina. En una pared, había un mapa y seis generales señalaban y discutían sobre él. Un general decía:

—Este puntito es el castillo de....

—Acabad –masculló el Emperador.

—Ya he acabado –contestó el general.

Nada más decir esto, el Emperador volvió la cabeza y quedó deslumbrado. Una luz resplandeciente hizo brillar la habitación más grande del mundo.

—¿Qué veo? ¡Un fotógrafo ha disparado su flash y está prohibido!

No era un flash, era Floripondia, que, en ese momento, asomaba por la puerta secreta.

—¿Quién es? –preguntó el Emperador Chundarata–. ¿La reina de Egipto? ¿La dama de Elche? ¿La Venus de Milo?

—No, majestad. Es Floripondia, la nueva costurera. Sabe coser, cantar, tejer, zurcir, remendar, hilvanar, etcétera.

El Emperador volvió su cabeza y siguió su consejo de guerra con sus ocho generales. Pero se notaba que estaba deslumbrado.

—¿Cómo va la guerra? –preguntó para disimular.

—A punto de caramelo, majestad –contestaron los generales.

—¿Cuándo atacamos?

—Mañana a las siete de la mañana, cruzamos el puente de madera recién construido. Iré yo el primero en mi caballo blanco –exclamó orgulloso el Emperador traidor.

—Está bien. Entonces pondremos el despertador a las siete menos cuarto. ¡Será un gran día! –exclamaron los generales.

3 La víspera

¿Quiénes son? - ¿Saben leer?
¡Qué feos son! - La Fosforerita
El sueño - La conjura

EL emperador se levantó y todos se pusieron de rodillas, menos Garrapata y los suyos, que seguían con la boca abierta, mirando los espejos y los candelabros de oro. El Emperador montó en cólera.

—¿Quiénes son estos, que no se prosternan ante mi divinidad?

—Gente del servicio. Han leído el anuncio y vienen a pedir trabajo, como cocineros, carpinteros, barrenderos... en el palacio imperial.

—¿Saben leer?

—No.

—¿Y escribir?

—Tampoco.

—Entonces, que entren bajo mi servicio. Les tomaré juramento y que se pongan a limpiar el palacio. Con la guerra, está hecho un asco.

El Emperador los miró con su monóculo de oro y exclamó:

—¡Qué feos son!

—Son "made in Hong Kong" –rió el mayordomo.

—Parecen de saldo. ¡Mira ese con cara de foca, y ese que parece un orangután y aquel con dieciocho brazos! Parece que han salido de un cuento –exclamó, muerto de risa, el Emperador Koskorrón.

No obstante, al observar de nuevo a Floripondia, el Emperador apartó la vista deslumbrado. No dijo nada, pero aquella noche no pudo pegar ojo, soñando con Blanca Nieves, y con la Fosforerita.

Kuchikuchi, su mujer, le regañó:

—¿No duermes? ¿No será esa bella mosca muerta de ojos de almendra que llegó anoche? Estás alelado. ¡Algo te pasa!

—No. Es la guerra. Mañana pasamos el

puente y mañana seremos emperadores únicos del Japón. El castillo de Estakajaesta-desenKajadaysiseenKajaKedaratanmaja será nues...

Y, diciendo esto, el repugnante traidor se quedó dormido, mientras Garrapata y los suyos, reunidos en la cocina del palacio, buscaban su ruina.

4 Adiós puente

¿Cortar el puente? - El serrucho
La cantinela - Café y bollos - El Chino
La cerilla - Al pantano

AQUELLA noche, a eso de las doce, después de servir la cena a los altos dignatarios, Garrapata y los suyos cenaban en la cocina. Nadie hablaba. Solo habló Garrapata, con tristeza y amargura.

—Mañana, el traidor Chundarata cruzará el puente –dijo.

—Y si lo cortamos? –preguntó Carafoca.

Todos se miraron durante media hora.

—¡Es buena idea! –murmuró Garrapata–. Pero ¿cómo?

—Empujando el puente –opinó Carafoca.

—¡Es una locura! –exclamó el doctor Cuchareta–. Mejor sería cortarlo con un serrucho. Yo tengo uno, aquí, en el maletín.

—Hará mucho ruido –opinó Lechuga Flaca–, mejor sería con un cuchillo.

—¿Y si lo quemamos? –propino Tocinete. Coges una cerilla y, en diez minutos, se quemó el puente y solo quedan cenizas.

—¿Y los centinelas? –preguntó el Chino–. Nos pescarán los centinelas.

—Estarán durmiendo –observó el Orangután.

—Eso es lo malo. Habrá que despertarlos –exclamó Floripondia–. Si no, se asarían.

Garrapata trazó rápidamente un plan. Se despertaría a los centinelas para tomar café y bollos en la cocina. Esto los distraería, se les ofrecería ron y aguardiente y, cuando estuvieran borrachos, lejos del puente, alguien encendería una cerilla y ¡adiós puente!

—¿Y quién enciende la cerilla?

Todos miraron al Chino y le tocó.

A las tres de la madrugada, Garrapata, vestido de cocinero, despertó a los centinelas, para tomar café. A las tres y cuarto, el Chino

encendió la cerilla y, a las tres y veinte, se quemó el puente.

¡Qué gritos el Emperador, qué lloros de Kuchikuchi, su mujer; qué carreras, para apagar el fuego! Garrapata también gritaba, y los soldados. Y todo eran cubos de agua y escobazos contra las llamas, y chispas y lamentos.

—¿Quién ha sido? ¡Traidores, a la hoguera! –gritaban todos.

Nada más oír esto, Garrapata ordenó a los suyos desvanecerse entre las sombras.

—Esos gritos van por nosotros, huyamos al pantano. Mejor es morir ahogado que achicharrado en una hoguera.

Y a las tres cuarenta y cinco, diez sombras desaparecieron amparadas por la humareda, los gritos y el estruendo del puente, que se derrumbó y se lo llevo la corriente.

5 El pantano

Había, junto al río, unas extensas tierras pantanosas llenas de cieno, limo, árboles flotantes, nenúfares silvestres, tierras movedizas y pequeños islotes. Vivían, en aquellos lodazales, campesinos que se dedicaban a la siembra de arroz, a los garbanzos en remojo, a las lechugas silvestres y a los caracoles marinos.

Los soldados de Chundarata temían aquellas tierras pantanosas. Los mosquitos, las sanguijuelas, los caracoles carnívoros, las ratas de agua te mordían en los pies y te dejaban cojo.

—¿Entramos? –preguntó Garrapata.

—Ni hablar –sollozó Floripondia–, tengo miedo a las ratas y a los escarabajos de agua.

—Y a mí me dan asco los caracoles –protestó Carafoca–; jamás entraré ahí, prefiero la muerte.

Nada más decir esto, se oyeron gritos lejanos:

—¡A por ellos! Por allí han huido. ¡A la hoguera!

Carafoca no lo pensó dos veces. Se remangó los pantalones y se metió en el pantano. Los gritos dejaron de oírse y empezaron los terribles ruidos de los búhos silvestres, de las ranas espinosas y de las culebras salvajes. A las cinco horas, apareció la primera aldea. Era un poblado lacustre edificado sobre estacas hincadas en el suelo. Diez, quince cabañas formaban un redondel sobre la arena.

—¿Quién vive? –gritó Garrapata.

—Nadie –respondió el eco.

—Será un cementerio –rezongó aterrado Carafoca.

Una lluvia de flechas venenosas cruzó el aire y zumbó en los oídos de los recién llegados.

—Los muertos no matan –exclamó Garrapata–. Además sale humo de la cabaña grande y huele a lentejas con tomate. Los muertos no comen lentejas. Alguien vive aquí.

Nada más decir esto, una enorme tela de araña cayó desde dos árboles gigantescos y atrapó a los recién llegados. Era una red de pescar centollos.

—¡Una araña cenagosa! ¡Cuidado, es venenosa!

La araña apareció por una ventana de la cabaña y atacó con su aguijón mortal al pobre Carafoca. Un dolor terrible, un frío espantoso y el marinero cayó en el suelo. La araña era un japonés que empuñaba un arpón de cazar focas.

6 Un barco de guerra

*El hombre pez - Carné de identidad
Los cromos - La cena - Lentejas
Los vikingos*

LA araña saludó cortésmente a los recién llegados:

—¿Quiénes sois?

—Soy Garrapata.

—¿Garrapata? A ver, carné de identidad.

Garrapata sacó su carné y la araña, que no era otro que un hombre lleno de escamas con cara de rana y aletas en las manos, se quedó con la boca abierta y dijo:

—Vuestra cara está en todos los cromos del país japonés. Acabáis de salvar a la China ¿y estáis aquí en esta humilde aldea pantanosa?

—Sí. Aquí estoy –respondió Garrapata.

—¿Y Floripondia?

—Aquí. Esta bella anémona de los estanques.

El hombre pez cayó deslumbrado y, después de deslumbrarse, se levantó y aún tuvo fuerzas para sacar unos cromos de la cartera y preguntar:

—¿Y Carafoca?

Carafoca se levantó del suelo, pálido y ojeroso, y dijo:

—Perdonad, creí que estaba muerto. ¡Qué mal lo he pasado con la red! ¡En esta historia, qué sustos se da uno!

El hombre pez hizo sonar una caracola y de las cabañas surgieron hasta cuarenta hombres llenos de escamas y unas cuarenta mujeres adornadas con conchas marinas.

—¿Queréis cenar?

—Sí –contestaron todos a una.

El jefe araña invitó a Garrapata y los suyos a la gran cabaña y allí cenaron ostras y tres kilos de percebes.

—¿Venís a salvar a nuestro verdadero Emperador Koskorrón y derrocar al traidor Chundarata?

—Sí, por cierto –contestó Garrapata.

—¿Qué necesitáis?

—Un barco de guerra para atacar a ese impostor.

—Nosotros solo tenemos barcos de paz. Pero hay, por aquí, restos de barcos de guerra enterrados desde hace miles de años.

—Serían vikingos.

—No lo sé. Tienes ahí uno de veinte toneladas. Le podremos parches y quitaremos las ratas de agua.

—No. Dejad las ratas. Un barco sin ratas es como un cerdo sin pulgas.

7 La pólvora

Los juanetes - Kafuka - La cerbatana
La pólvora

RIERON todos y, nada más cenar las truchas ahumadas y los pepinillos, se pusieron a la luz de la luna, a reconstruir el barco, a poner parches, a pintarlo y a llenarlo de ratas, ratones y escarabajos peloteros. Diez noches y diez días pasaron Garrapata y los suyos arreglando el navío, poniendo las velas y calafateando las viejas maderas.

—¿Le ponemos juanetes? –preguntó el Chino.

—Y sobrejuanetes, cangrejas y masteleros –contestó Garrapata.

—¡Cuantos más pasteleros, mejor! –exclamó Carafoca.

—¿Y cañones?

—No tenemos –se lamentó Kafuka, jefe del islote–, tenemos solo cerbatanas gigantes.

—¿Y eso qué es? –interrogó Lechuza Flaca.

Se coge una caña, se ahueca, se mete un hueso de ciruela o de cerezo, se sopla y matas una rana, la asas y te la comes.

—No está mal –reflexionó Garrapata–, pero eso no echa abajo un barco de cuarenta toneladas. Quiero algo mayor, con pólvora.

Los *isloteños* se reunieron y, al rato, trajeron cañas gigantes de manbuko. Tenían un grosor de cuarenta centímetros. Las ahuecaron y metieron una sandía de diez kilos, un coco y tres melones. Luego soplaron por un extremo y nada. Casi se asfixian.

—¿Y si metemos pólvora? –propuso Carafoca.

—¿Y eso qué es? –preguntaron los *isloteños*.

El doctor Cuchareta sonrió y dijo:

—Hace siglos los chinos inventaron la pólvora; luego, Alfonso X el Sabio la reinventó, en el sitio de Niebla, y luego, Colón se llevó varios kilos a América, y Garrapata, en El

Salmonete, se hizo famoso con los polvo-rones.

Los *isloteños* tenían los ojos en blanco. No entendían ni pum.

—¿Pero de qué siglo habláis? ¡Qué historias son esas!

—Del siglo XVIII –aclaró Cuchareta.

—¡Pero si estamos en el XII! ¿Qué cuentos chinos contáis? ¿Qué milagrosa sustancia es esa?

8 El Piraña

¡Pum! - Sandías y melones - Álamo
y robles - La secuoya

EL doctor Cuchareta pidió naranjas de la
China, las peló, machacó la cáscara, pidió sal,
la echó, pidió carbón, lo pulverizó, lo revol-
vió todo y lo puso a secar. Al final, echó
aquel revoltijo gelatinoso por la boca de la
caña gigante, encendió una cerilla y ¡pum! La
sandía, los melones y el coco salieron dis-
parados a diez kilómetros y mataron una
vaca.

—¡Es asombroso!
—¿Y mata gente?
—Muchísima.
—¡Pues vaya gracia!
—Pero salva mucha también. Nosotros va-

mos a salvar a Coscorrón, Emperador del Japón.

En dos días, el sabio Cuchareta hizo cien sacos de pólvora, y Garrapata, veinte cañones cada vez más grandes. Vació varios álamos podridos, tres o cuatro robles, un melocotonero, dos sauces llorones, tres nogales y hasta una secuoya gigante; los reforzó con cuerdas de cáñamo embreadas, les puso ruedas, y ordenó subir aquellos artefactos a la cubierta del barco, que aún estaba sin nombre.

—¿Lo bautizamos? –se preguntaron todos.

El bautizo fue a las cinco. La madrina fue Floripondia. Se adornó la muchacha con flores y hortensias silvestres, se tomó chocolate, se adornaron las antenas del nuevo navío con claveles chinos, y se empujó el barco hacia el cieno del pantano. Por poco se cae, pero no se cayó. Floripondia estalló un coco contra la quilla y preguntó:

—¿Cómo le pongo?

Se reunieron todos y cada uno escribió un nombre en una hoja. El Chino sacó una hoja y salió "アルゼンチ", que en japonés quiere decir "Piraña". Comadreja cogió zumo de tomate y pintó el nombre en el casco: "アルゼンチ". Y se acabó la fiesta.

Al día siguiente, subieron todos los garrapateros y algunos *isloteños* a bordo y salieron por el pantano.

—¿Adónde vamos?

—¡A la guerra! –exclamó Garrapata, sacando de la faltriquera su viejo anteojo lleno de telarañas.

TERCERA PARTE
LA BATALLA

1 La sorpresa

Espiando en el río - Hiedras
y malvas - ¿Qué ruido es ese?
Ochenta y dos barcos - El escabeche

EL Piraña, amparado por las encinas silvestres, los sauces llorones y la bruma espesa de las ciénagas, se plantó en el río sin ser visto. Garrapata ordenó:

—¡Camuflad las velas! ¡Chirimoyas a babor!

El Chino rodeó de enredaderas y malvas reales los tres palos, tapó con hiedra, geranios, chirimoyas y madreselvas los remos, colgó del casco del buque aguacates, perejil, ramas de laurel, alpidistras y ristras de ajo y, con la bruma del río y la espesa niebla de los pantanos, se plantó en mitad del río sin ser visto.

Desde allí se podía ver el puente quemado por Garrapata y los suyos, que aún echaba humo. También se veía el palacio del traidor Chundarata, la orilla del río, el ejército de Chundarata y... Garrapata abrió los ojos como platos, ¿qué ruido era aquel?

Un ruido ensordecedor surgía del puerto cercano al palacio. Centenares de carpinteros clavaban, desclavaban, remaban, cortaban madera, atornillaban, destornillaban, ¿y el olor? Olor a brea, a alquitrán, a cola de carpintero, a pegamento. Olor a esparto, a soga, a cuerda, a pintura, a trementina, a pincel, a aguarrás...

Garrapata sacó su anteojo y quedó inmóvil, durante dos horas cuarenta y cinco minutos. Sus labios se movían imperceptiblemente.

¿Qué os pasa, amado mío? –preguntó Floripondia–. ¿Contempláis las nubes que vagan por el aire, los pájaros voladores, las lejanas montañas de este encantador país?

—Estoy contando –murmuró Garrapata.

—¿Qué cuentas? ¿Las flores de los almendros? –preguntó Floripondia.

—No. Los ochenta y dos barcos del ejército de Chundarata. ¡Maldita sea! Ya vienen. Van llenos de soldados, de catapultas, de ballestas, de caballos, de lanzas, espadas, mazos, picas, picos y palas. Van a pasar el río para atacar al pobre Koskorrón.

Lechuza Flaca movió la cabeza:

—Nos van a hacer escabeche. Deberíamos huir. ¡Nosotros, con un solo asqueroso barco y ellos, con cientos!

2 Las mondas

¡A la bodega! - El cubo de patatas
El Chundaratón - Gritos en la niebla
¿Quién ha sido? - El sillón

GARRAPATA ordenó encerrar a Lechuza Flaca.

—Haced callar a ese agorero.

Carafoca le encerró en la bodega y cerró la puerta.

—¡Ya se acercan! –exclamó Garrapata–. ¡Silencio todos!

En verdad. Ochenta barcos venían en fila con las velas desplegadas. Ya venían, ya vinieron y comenzaron a pasar al ladito del Piraña, que, escondido tras una niebla espesa, observaba y no era visto, a unos centímetros de los cascos enemigos.

—¿Seguimos callados? –preguntó Carafoca.

—No. Gritad, ahora; insultad, vocead, golpead sartenes y cacharros. Así creerán que somos cientos de barcos.

Todos chillaron. El peor fue Tocinete, que estaba pelando patatas en la cocina. Cogió el cubo de mondas y mondaduras y lo arrojó por la borda, y el cubo fue a caer en la cubierta del Chundaratón, un enorme barco enemigo construido con madera de abedul, pino gallego y eucaliptos. Era una enorme plataforma atestada de soldados, catapultas, arietes derribamurallas, bolas rompepuertas, abrelatas, ballestas gigantes, sartenes y sacos de repollos y tomates. En un sillón iba sentado Chundarata, que observaba, con una lupa, los alrededores del mar y la espesísima niebla que ocultaba el buque de Garrapata.

—¿Quién ha sido? –gritó el Emperador.

—¿Quién ha sido quién? –preguntaron los generales.

—El de las mondas de las patatas. ¿Quién ha osado arrojar en la cubierta un cubo de la basura?

—Ha sido alguien de la flota enemiga.

—¿Flota enemiga? ¿Es posible? ¿Dónde está?

—Debe de estar detrás de esa bruma espesa que nos rodea.

Los gritos arreciaban. Garrapata golpeaba a los suyos con la sartén, para que gritaran más. Chundarata tenía los ojos en blanco. Era horrible aquel estruendo.

—¿Cuántos son? –preguntó el falso Emperador a su lugarteniente Kuchillokín.

—Son veinte barcos bien armados y unos cuarenta mil hombres, picos, picas, culebras y culebrinas. Deberíamos huir, señor, y retirarnos de nuevo para construir más barcos.

3 Caballos por el aire

Todos al puerto - El melocotonero
Adiós cocina - Estofado de cerdo
Un cabello en el plato

—¡Todos al puerto! –gritó el Emperador–. Esto se pone feo. ¡Sálvese el que pueda!

La retirada fue fulminante. Las naves del Emperador traidor retornaron al puerto y se detuvieron a unos setecientos metros de la niebla donde se escondía Garrapata.

Garrapata asomó el catalejo entre la bruma y midió, a ojo, la distancia. Luego ordenó:

—Echad pólvora al cañón melocotonero, cebadlo con ladrillos, encended la mecha y disparad!

—¿Cuántos grados? –preguntó Carafoca.

—Cuarenta y cinco grados.

Carafoca metió en el tronco ahuecado del

melocotonero, ladrillos, el palo de una silla, cuatro zapatos viejos, medio kilo de castañas y tres kilos de arroz de Calasparra.

—¡Fuego! –ordenó Garrapata.

Carafoca encendió una cerilla y disparó. Se tapó los oídos y el melocotonero salió volando sobre un barco de transporte, lleno de paja para los caballos de Chundarata. Ardió la paja y los caballos saltaron y fueron a aterrizar unos al mar, otros sobre el Kocimuka, un enorme barco-plataforma, lleno de cacharros para la cocina, de sartenes, de bidones de aceite de soja y de calderos repletos de fideos y garbanzos del cocido. Todo esto saltó por los aires y cayó como granizo, entre astillas y trozos de carbón, sobre el Chundaratón, barco insignia de la flota donde iba Chundarata.

Estaba Chundarata comiendo un estofado de cerdo, cuando ¡cataplún! Le cayó un caballo en el plato. ¡Qué susto! La salsa por un lado, las patatas por otro, el estofado por otro.

4 Es la guerra

¿Cuántos son? - Adiós niebla
Un cojo - Piedras gordas - Corten
el cable - ¡A por él!

CHUNDARATA preguntó asombrado:

—¿Qué pasa?

—¡La guerra, señor! Estamos asediados por las numerosas naves enemigas –exclamó Kuchillokín, almirante de la Gran Flota.

—¿Pero cuántos son? ¿Los ha contado?

—Diez *buiks*, a la derecha; veinte galeones de tres palos, a la izquierda; sesenta bergantines, de frente; chalupas, catamaranes y treinta carabelas de cien remos y cien velas.

—¿Y dónde demonios están?

—Ya se lo he dicho. Detrás de aquella espesa niebla.

En esto, el aire del sur disipó la niebla y

apareció, allá lejos, un barcucho pintado de verde con unos treinta tipejos de mal pelaje que tiraban tomates desde cubierta. También apareció un individuo, cojo, manco y tuerto, que fumaba en pipa y gritaba desde el puente:

—¿A que no me coges?

—¡Garrapata! –farfulló Chundarata–. ¡Ese es Garrapata, el de los cromos! Tensad los cables de la catapulta gigante y llenadla. Vamos a darle su merecido.

—¿Y de qué la llenamos? –preguntó el almirante Kuchillokín.

—De las piedras más gordas. Poned ladrillos, baldosas y adoquines, y ¡disparad!

—¿A cuántos grados apuntamos la catapulta?

—Diez grados a babor, meridiano quince, paralelo treinta y ocho.

—Ya está, oh Chundarata. ¿Cortamos el cable?

—Corten, corten el cable.

Yuca, el catapultero mayor, cortó la cuerda, que retemblaba por la tensión y la carga mortífera, y salió despedida a unos cinco kilómetros de altura. El terrible viento del monzón detuvo la carga de pedruscos y la volvió a vaciar sobre su propia flota ¡Qué risa Garrapata, qué burlas, qué sacar la lengua, qué pedorretas!

—¡Toda la flota a por él! –rugió, ciego de ira, Chundarata.

5 ¡Que nos pillan!

Un tronco - Nos atrapan
Lloro de Comadreja - Risa de Garrapata
Las pinzas - La pimienta
Dos patadas

PERO Garrapata soltó el ancla, sacó su látigo y huyó a cien latigazos por hora.

—¡Remad, gandules!

Se alzaba, a unas cinco millas río arriba, el pequeño islote de los "Caimanes Amarillos". Hacia allá, huyó Garrapata con el Piraña, mientras los ladrillos caían sobre la flota de Chundarata.

—¡Un tronco! –gritó el Chino–. ¡Que nos chocamos!

Un enorme tronco de bonsái gigante, arrancado por el aire del monzón, impedía la llegada al islote. Garrapata atizó a los remeros más fuertes, pero los marinos no podían desplazar aquel enorme estorbo que cruzaba el río.

—Nos atrapa Chundarata –gritó Garrapata.

—¿Nos rendimos? –preguntó Lechuza Flaca–. Será lo mejor. Esto se pone feo.

Garrapata soltó una carcajada.

—¿Rendirnos?

—Sí –grito Lechuza Flaca, llorando.

—Traed pinzas de la ropa –ordenó, lleno de gallardía, Garrapata–. Los venceremos.

Los marineros trajeron tres docenas de pinzas de la ropa.

—Ponéoslas en las narices.

Los piratas se las pudieron en las narices.

—Respirad por la boca y ahora traed tres sacos de cebollas y picadlas en trocitos.

—¿Para hacer una entomatada? –se burló Comadreja.

Garrapata le dio una patada y ordenó:

—Traed también pimienta, dos sacos de harina y uno de sal, y mezclad todo.

—¿Vamos a hacer empanadillas? –rió Co-madreja.

Garrapata le dio otra patada furibunda.

—Echad todo esto al cañón de popa y... ¡Fuego!

6 Pimienta a babor

¡Pum! - El monzón - La noche
¿Dónde está Garrapata? - El castillo
La bandera negra - Nada

CARAFOCA llenó un tronco hueco de roble, con tres kilos de pimienta, ochenta kilos de harina, uno de sal y medio kilo de pólvora; encendió una cerilla, la acercó y ¡pum! Explotó el cañón, la pimienta, la harina, y todos los marineros del Piraña fueron al suelo. El aire huracanado del monzón empujó enseguida la nube pestilente, hacía la flota de Chundarata. ¡Y qué estornudos por culpa de la pimienta, qué lloros por la cebolla y qué confusión, qué golpazos entre los barcos! A la media hora, la nube se disipó y el Piraña y el tronco gigantesco del bonsái habían desaparecido, como por arte de birlibirloque.

¿Qué había ocurrido?

Nadie lo sabía. La noche había cubierto con su oscuro manto la superficie del mar. ¿Dónde estaba Garrapata? ¿Dónde estaba el gigantesco bonsái? Era un terrible misterio oculto por la oscuridad nocturna. La noche, pues, llegó, salió la luna, salió Chundatata de su camarote, salieron los marineros y, al final, salió el sol.

Sobre el mar ¿qué diréis que apareció a la luz del día?

Nada. No apareció nada. Nada más que agua.

A lo lejos ¿qué diréis que se veía a lo lejos? ¿Nada?

Sí. Se veía el promontorio de los caimanes amarillos, impenetrable y siniestro.

¿Y qué se veía en lo más alto del pedregoso islote?

Un castillo. El antiquísimo castillo de Barbasucia, un viejísimo baluarte de los tiempos de la dinastía Ming, comido de murciélagos, musgo, ratones y serpientes retorcidas. Y, en lo alto del castillo, ¿qué se veía?

Nada.

7 La calavera

Nada, no.

Se veía ondear una bandera negra, con una calavera blanca. Lo malo es que tampoco se veía, porque había eclipse y las tinieblas lo cubrían todo.

Entonces, ¿qué es lo que se veía? Solamente se veía la silueta blanca de la calavera y los dos fémures cruzados.

—¿Habéis visto? –señaló tembloroso Chundarata a sus generales.

—Sí. Un esqueleto en el aire. ¡Y viene por nosotros! Se mueve. Se ríe. ¡Socorro!

Y Chundarata reunió todo su valor y gritó:

—¡Sálvese quien pueda! ¡Avanzad hacia atrás y huyamos!

Y huyeron, como cobardes, de aquellas rocas inaccesibles, llenas de árboles oscuros e impenetrables, colmados de caimanes asesinos que aullaban en sus riberas cenagosas.

—¿Estará ahí ese canalla? –preguntó temeroso Chundarata.

Y miraba, a hurtadillas, hacia la calavera, que se movía encima de la torre del castillo.

El general Kuchillokín respondió:

—Garrapata ha estado en la isla y mirad cómo ha quedado con los dientes de los caimanes. En los puritos huesos. Solo queda un cráneo y dos tabas. Vámonos.

Y señalando luego unos maderos que flotaban en la superficie del mar, rió con burla:

—¡Ja, ja! Y eso son los restos del Piraña. Las pirañas terminaron con el barco. Hemos vencido.

Y una gran fiesta con farolillos, cadenetas y churros fue organizada en el Chundaratón, por el gran Emperador Chundarata. Bailaron los marineros chundarateros, se emborracharon, hubo concursos de espadas y disfraces, y de dados.

8 La juerga

Concurso de disfraces - El caimán
El esqueleto - El disfraz de Garrapata
El baile - Los dados

LAS barcas y las chalupas iban y venían, de un barco a otro de la flota imperial, llenos de marineros imperiales, que cantaban y reían, entre patadas y alegres puñetazos. A la media noche, fue el concurso de disfraces. Uno se vistió de Napoleón y casi gana la bolsa de oro que ofrecía Chundarata. Le venció otro marinero vestido de vendedor de palomitas. Ya le iban a dar el premio, cuando apareció otro marinero vestido de Frankenstein. Bailó, y entre risas y aplausos, el Emperador se dirigió a cubrir su cabeza cuadrada con laurel y a entregarle una bolsa con cien monedas de oro.

—¡Falto yo! –se oyó de pronto una voz.

La voz llegaba de una barca que acababa de acercarse al casco del gran navío. Aquel hombre llevaba un extraño disfraz. Llevaba una pata de madera, un ojo de cristal, un gancho en vez de mano y portaba una nariz picada de viruelas.

—¡Qué feo es! –exclamaron todos.

—¡Atiza! ¡Va disfrazado de Garrapata! –exclamó el piloto–. ¡Qué bien lo hace!

—¡Premio! –gritó entusiasmado Chundarata.

Y ya le iba a dar la bolsa, cuando se oyó un grito de rabia. Era Kuchillokín.

—Buen disfraz lleváis y parecéis mismamente Garrapata –dijo–, pero ¿sabéis luchar a espada como él?

—Un poco, muy poco –contestó Garrapata humildemente.

—Pues contemplad mi gran maestría.

Y Kuchillokín desenvainó su espada y, de un tajo, cortó la pata de una silla.

—¿Habéis visto lo que he hecho? –exclamó arrogante

—¡Hurra! –chillaron todos.

9 El duelo

El mosquito - Soy el héroe
Muerte de Garrapata - Todos al mar
¡A por él!

EL recién llegado sacó su espada, la blandió en el aire y, con enorme tranquilidad, cortó el ala de un mosquito que pasaba por el aire haciendo "¡uuuh!".

—¿Qué os parece?

Kuchillokín se quedó asombrado y murmuró:

—Muy versado en armas... ¿Quién demonio eres que tal manejo de la espada muestras? ¿Un pobre marinero?

—No tal. Soy Garrapata.

—¿El del ojo de cristal?

—El mismo que viste y calza.

—¿El de la pata de madera?

—El mismo, tú lo has dicho.

—¿El del gancho?

—Exacto.

—¡Prendedle! ¡Es Garrapata! –gritó fuera de sí Kuchillokín.

—¡Soltadle! –ordenó el Emperador–. Es mi huésped. Las leyes de la hospitalidad le amparan.

Pero Kuchillokín, lleno de ira, sacó su espada, la limpió, y traspasó a Garrapata por medio.

—Morid para siempre. Se acabó Garrapata.

—Me ha mata... suspiró Garrapata.

Pero no se murió. Garrapata dio, antes, un salto y se tiró de cabeza por la borda, como un sapo. Detrás, se tiró Carafoca y, después, Floripondia, miss Laurenciana y los demás. Luego subieron en la barca que les había traído y huyeron rápidamente al siniestro islote de los Caimanes Amarillos. El Emperador Chundarata les vio alejarse y, lleno de furor, cólera, rabia y espumarajos, gritó:

—¡Fuera las fiestas, los farolillos y serpen-
tinas. ¡A por éeeeel!

Y en todo el río y los pantanos y riberas
resonó:

—¡A por éeeeel!

CUARTA PARTE

EL ISLOTE TERRIBLE

1 El grito

El fortín abandonado - Las alfombras
¿Un volcán? - Engrase general
de maquinaria - La entrada secreta

EL grito llegó hasta los oídos de Garrapata. El pirata, allá arriba, en el alto del islote, lo oyó y se partió de risa. El islote era como un montón de piedras, alto, muy alto, con una fortaleza del año en que las ranas usaban corbata y calcetines. Estaba el fortín abandonado desde tiempos del Emperador Kwammu en 782, el cual cogió la tosferina y hubo de abandonarlo para buscar la curación en los aires secos del Fujiyama.

Lo primero que hizo Garrapata, al oír el grito de Chundarata, fue partirse de risa. Eso ya lo hemos dicho. Luego lo tomó en serio y empezó la cuarta parte de este relato. Mandó barrer la fortaleza, que estaba más sucia que el babero de Tutankamón, ordenó limpiar el polvo de la biblioteca y sacudir las alfombras del despacho y del Salón de Embajadores.

—¡Sale humo del islote, a lo mejor es un volcán! –exclamó Chundarata, al ver el polvo sobre el islote.

Y miró por el catalejo y vio al maldito Garrapata, sacudiendo, con su pata de palo, la alfombra del despacho.

—¡Maldito, te cazaré como a un conejo!

Garrapata se metió en su fortín, cerró la ventana, que estaba sin cristales, y siguió partiéndose de risa. Luego se puso serio y ordenó engrasar la maquinaria de guerra del fortín. Carafoca captó la orden y pidió a miss Laurenciana la alcuza del aceite. Lo primero que engrasó fue la escalera de caracol, que era la puerta de entrada al fortín. Todos los enemigos entraban por allí, en vez de entrar por la puerta principal. Atacaban y subían despacito, con las armas en la boca, cuando todos dormían.

2 La escalera de caracol

Trescientos litros - El resbalón
La pereza - Tres veces - El sueño
¡A las armas!

Así es que Carafoca echó trescientos litros de aceite y dejó los escalones como el palo de un gallinero. Encima echó veinticinco pastillas de jabón y cien kilos de garbanzos. Lo segundo que hizo Carafoca fue resbalarse y bajar rodando escaleras abajo los cuatrocientos escalones que tenía la famosa escalera de caracol. Al llegar abajo, siguió dando vueltas en la puerta de entrada como una peonza. Luego se palpó la cabeza llena de chichones y subió gateando hasta el castillo y volvió a resbalar, al llegar al último escalón.

Tres veces subió y tres veces bajó, dando volteretas, hasta que, al fin, sorteando las pastillas de jabón y los dichosos garbanzos, y agarrándose a los escalones con las uñas, logró entrar en el castillo.

—¡Ya está engrasada!

—¿Quién? –preguntó alarmado Garrapata.

—¡La escalera!

Garrapata miró, resbaló y, si no es por el Pulpo, hubiera caído escaleras abajo.

—¡Te he dicho la cerradura, majadero! A ver ahora cómo bajamos a pescar y a lavarnos los pies al río y, luego, ¿cómo subiremos, necio?

Aquella noche, vencidos por el cansancio, se marchó cada mochuelo a su olivo. Garrapata se tumbó en el sofá de su despacho, se quitó la pata y su gancho, y se puso a roncar. Dio el reloj de piedra las doce campanadas y unos golpes tremendos hicieron temblar las bóvedas del castillo.

—¡A las armas! –gritó Garrapata.

—¿Quién será? –sollozó Floripondia.

3 Golpes en la noche

Los cerrojos - El Chino
Maldito jabón - Chocolate y picatostes
La canela y el ron - Las cabras

Los golpes terribles retumbaron de nuevo.

—¿Dónde suenan?

—¡En la escalera! –observó Cucharata.

Garrapata rió nerviosamente.

—Descorred los cerrojos, cobardes. ¿No oís que alguien llama?

Carafoca, temblando, descorrió los pesados cerrojos.

—Abrid, cobardes –voceó Garrapata.

—Tengo miedo.

—Pues que abra Lechuza Flaca y mire –ordenó Garrapata.

—Yo abro, pero no miro.

—Pues que mire el Chino –ordenó el Pirata.

El Chino miró y no había nadie. Únicamente se oyeron gritos y palabrotas horrendas en el fondo de la escalera.

—¡Maldita sea tu tía! ¡Recanastos con el as de bastos! ¡Maldito jabón! ¡Ay mi pierna! ¡Que me mato con los garbanzos!

Garrapata sonrió tranquilamente y dijo:

—¡Es Chundarata y los suyos que se baten en retirada! ¡Vamos a celebrarlo!

Garrapata ordenó a miss Laurenciana que hiciera el chocolate con picatostes y Floripondia preguntó:

—¿Le echamos canela?

—Sí –exclamó enrojeciendo Garrapata–, y un poquito de aguardiente, ron y gaseosa.

Y hubo chocolate, y se brindó por la gran victoria durante toda la noche y la mitad del día. Por la tarde, hubo algo terrible. El peligrosísimo sendero exterior que ascendía hasta el castillo entre rocas afiladas y precipicios se llenó de cabras, que subían alocadas y balando desesperadamente.

—¡Beeee! ¡Beeee! ¡Beeee!

—Tienen hambre –exclamó Floripondia–. Les llevaré lechugas del huerto, acelgas y coles. ¡Pobrecillas!

Lechuza Flaca murmuró:

—Este promontorio no da ni tomillo para mordisquear.

4 Las cabras

Las mondas - Trescientas cabras
La cabeza - El afilador
Las tres piedras - El escarabajo

LAS cabras, desesperadas, golpeaban la puerta exterior del fortín.

—Tienen un hambre feroz. Se comerán hasta las mondas de las patatas –masculló Comadreja.

En ese momento, la primera cabra dio un salto y se coló por la ventana de la cocina.

—Nos comerán vivos –rezongó Lechuza Flaca.

Después de la primera, entraron otras trescientas cabras, unas detrás de otras, balando de hambre. Lo raro fue que se quedaron quietas alrededor de la mesa y no probaron ni una hoja de repollo.

—¡Qué raro! No tienen hambre. Solo vienen a refugiarse aquí. Alguien las perseguía.

Estaban todos mirando las cabras, cuando se vio aparecer, por la última roca, una cabeza rarísima. No tenía la cabeza picuda, como las demás cabras, ni balaba, ni tenía cuernos. Era Chundarata.

—¡Nos atacan! ¡A las armas! –gritó Garrapata.

La cabeza rió ferozmente mientras decía:

—¡Ya sois nuestros!

Garrapata no tenía, en su cinto, la espada y, a falta de espada, cogió el atizador de la cocina y la tapadera de la olla, y saltó por la ventana.

—¡Atrás, canalla! ¡Volved por donde habéis venido!

Y atizó, en la cabeza de Chundarata, un espantoso golpe, que le produjo un enorme hematoma en la frente.

—Toma, un hematoma, por tomarlo a broma.

No tuvo que repetirlo. Kuchillokín quedó un instante sin conocimiento, mirando con los ojos bizcos. Luego, al ver que Garrapata agarraba una piedra de cien kilos, y la Armadura, una de cuatrocientos, y el Orangután, otra de quinientos, y observando que las piedras ya venían sobre su frente, giró raudo y sin parar de gritar:

—¡Todos abajo, que viene el escarabajo!

Los atacantes huyeron cobardemente hasta las faldas del promontorio, saltando de risco en risco.

5 El grito

Los fantasmas - Un gemido terrible
La cerilla - La polea - El tigre
El baúl

AQUELLA gran victoria se celebró por la noche con gazpacho y vino de "Fujiyama" que encontraron en las bodegas abandonadas del fortín. Era vino añejo del 3000 antes de C. Iban ya a chocar las copas para aclamar a Garrapata, cuando un grito tremendo resonó por las bóvedas de la fortaleza.

—¡Fantasmas! ¡Son los fantasmas! ¡Qué lamento más horrible! –gimió Floripondia.

Salía el horroroso gemido de lo alto del torreón y Garrapata mandó avanzar escaleras arriba.

—Subid vosotros primero –les invitó cortésmente–. Yo iré el último, por si alguno os ataca por la retaguardia.

Subió valientemente Garrapata el último, y los demás delante, y al llegar a lo alto, oyeron un gemido desgarrador.

—¿Quién es? –preguntó Lechuza Flaca.

Nadie contestó, pero el gemido desgarrador seguía gimoteando en la oscuridad. Garrapata encendió una cerilla y ¿qué vio? Una polea herrumbrosa que chirriaba en una ventana.

—¡Una polea! ¡Y da vueltas! ¡Y una soga! ¡Traición!

La cuerda se perdía en el vacío. Alguien hacia subir desde el pie del promontorio un objeto muy pesado. ¿De qué objeto podía tratarse?

—¡Un tigre! –observó Carafoca.

—¡Aquí no hay tigres! –exclamó Garrapata.

—¡Un piano!

—Un elefante.

En ese momento apareció, en el extremo de la cuerda, un baúl enorme. El baúl se en-

treabrió y solo se entrevió oscuridad y misterio.

—¿Cortamos la cuerda? –preguntó el
Orangután–. ¡Me da mala espina!

6 El caballo de Ulises

Diamantes - El caballo de madera
Caramelos - Quinientos metros
mariposa - La figura de escayola
La momia

—¡CUALQUIERA sabe! –murmuró el Orangután–. ¿Y si está lleno de diamantes?

La Armadura movió la cabeza mientras decía:

—No. Toda guerra es temerosa, llena de trampas, de emboscadas, de estrategias, de traiciones. Nadie se puede fiar.

—Acordaos del caballo de Troya –sentenció Garrapata–, un caballito de madera, ¿y qué había dentro?

—¡Caramelos! –exclamó el Chino.

—No. Tres mil soldados armados hasta los dientes que destruyeron la ciudad.

El Chino miró aterrado el baúl que colgaba del precipicio, sacó unas tijeras del bolsillo y cortó la cuerda. El baúl se precipitó al vacío y se oyó abajo:

—¡Ayyyy, mis costillas!

—Parece la voz de Kuchillokín –exclamó Carafoca.

—Pues son quinientos metros. No me gustaría estar en su pellejo.

Todos se retiraron a dormir y, al día siguiente, al salir el sol, miró Garrapata hacia el acantilado. Allá abajote estaba el baúl despanzurrado. Por el caminillo del embarcadero bajaban diez hombres derrotados. En una camilla llevaban, con todo cuidado, una figurilla de escayola.

—Parece una momia –observó Carafoca.

La momia llevaba las dos piernas vendadas, el pecho, el tórax y la cabeza. Solo asomaba por un resquicio la nariz.

—¡Parece Kuchillokín! –observó Garrapata–. ¡Pobre hombre! ¡Es él! ¡Qué golpe más tonto!

Y la comitiva subió a la barcaza y esta salió zumbando hacia donde esperaba la escuadra de Chundarata, en mitad del río.

7 El sarampión

Veinte cañonazos - La derrota
gloriosa - Quitad los gallardetes
La extraña enfermedad - 85° de fiebre

LA escuadra imperial recibió al pequeño navío de Kuchillokín con una salva de veinte cañonazos. Se empavesó el Chundaratón para recibir al héroe, y, como no había banderas y gallardetes, mandó Chundarata poner toallas y servilletas colgadas de los cables. Chundarata saltaba de alegría.

—¡Ya viene y trae al maldito Garrapata escayolado! ¡Qué gran victoria!

Al arribar el barco, salió Chundarata a recibir a Kuchillokín. El Emperador era llevado en su silla, pues tenía reúma en las piernas.

—¿Dónde está Kuchillokín? No le veo.

—Allí dentro –contestaron los marineros.

—¿En la bodega?

—No. En la escayola.

—¿Y Garrapata?

—En el castillo.

—¿Muerto?

—No, vivito y coleando.

—Entonces, ¿hemos perdido?

—Sí, pero llenos de gloria, heridos y magullados por la patria. Ha sido una gran derrota; Chundarata no quiso ni ver al escayolado y volvió, en su silla, a su camarote.

—Quitad los gallardetes, que los cañones se callen. Duelo nacional. Poned pañuelos negros. Garrapata se partirá de risa desde su castillo. ¡Qué vergüenza!

Era verdad. Garrapata estaba en el suelo, muerto de risa. Dos horas estuvo riendo, cuando, a eso de las dos menos cuarto, dejó de reír. Notó que se ahogaba, que no podía respirar. Además tenía calor y sudaba. Por otro lado, no veía nada, una nube le cubría los ojos. Temió quedarse ciego.

—¿Qué me pasa? Que venga Cuchareta.

Cuchareta llegó con su maletín, le miró

con una lupa, le tomó el pulso, le miró la lengua y los oídos, la tensión arterial, y no encontró nada.

—Es raro, estáis sanísimo.

—Pues tengo una fiebre de caballo, ¿no lo notáis?

El doctor Cuchareta le puso el termómetro y tenía 85 grados.

8 La fiebre amarilla

Otro chichón - ¿Otra fiebre?
La tos ferina - ¡Fuego!

En ese momento llegó, desalado, Carafoca. Venía congestionado, sudoroso, arrebolado, tosía, no veía nada, tan nada que se golpeó con el palo de mesana y cayó al suelo con un chichón.

—Me muero, me come la fiebre. Tómeme la temperatura, doctor. ¡Es horrible!

El doctor le puso el termómetro y subió tanto que se rompió. ¡Noventa grados!

—Debe de ser la fiebre amarilla. ¡No me extraña! ¡Con estos caimanes amarillos que infestan las piedras y las aguas!

Al rato, llegó Lechuza Flaca. Quería decir algo, pero no pudo. Al final, pudo y dijo:

—Algo extraño me pasa, pero no sé qué es.

117

Huelo a humo; al pasar por la escalera, veo llamas, veo arder la despensa, miss Floripondia tiene las trenzas chamuscadas. Debe de ser la tosferina. Y mire, tengo quemados los pantalones, como si fuera un incendio.

—¡Será posible! –gritó Garrapata–. ¡Como que es un incendio! Toca la campana de alarma y mete esos pantalones en agua.

Al sonar la campana todos acudieron al salón de entrada.

—¿Qué pasa?

—¿No veis? El castillo esta ardiendo. No se ve con el humo y abrasa el aire.

—Pues yo he apagado las judías –exclamó miss Laurenciana–. Pueden ser las sardinas fritas, que son muy escandalosas.

Garrapata rechinaba los dientes:

—Dejaos de sardinas. Ha sido Kuchillokín. Ha sido muy inteligente –dijo Carafoca–. Se rompió ayer las costillas, pero mientras lloraba y gemía, mandó llenar de ramas y hojas la escalera de caracol, las prendió y echó tarugos y trapos y dejó abierta la puerta de abajo para que entrara el humo hasta aquí.

Hay que huir, nos ahogamos, nos abrasamos.
¡Huyamos!

—Sí, pero ¿por dónde?

—Por el sendero de cabras.

—Está ardiendo también.

9 Cortando alas

Las cabras - Los libros
Alas de mariposa - El primer vuelo
El golpetazo

En efecto, en un momento, unas seiscientas cabras desembocaron en la cocina diciendo "¡beee!".

—¡Solo queda el aire! ¡La tierra arde! ¡Estamos rodeados! ¿Cómo salimos? –lloraba Floripondia. ¡Si tuviéramos el águila, escaparíamos volando!

Garrapata dio un salto. Fue a la biblioteca, cogió unos libros muy antiguos de dos metros de largo, y les arrancó las pastas. Eran pastas durísimas de piel de becerra.

—Corred, Floripondia, a la cocina y traed unas tijeras. Y vos, miss Laurenciana, traed las plumas de las diez gallinas que desplumasteis yer y traed velas y cuerdas. ¡Rápido!

Rápida llegó miss Laurenciana con las tijeras y las plumas y Garrapata cortó los pergaminos arrancados a los libros, en forma de alas de mariposa o de pájaro carpintero.

—Pegad plumas en los extremos y sujetadlas con cera, en los bordes de las alas –pidió Garrapata a miss Floripondia y a miss Laurenciana.

Al rato, unas veinte alas de todos tamaños y colores se apilaban encima de la mesa.

—¿Y qué hacemos con esto?

—Que cada uno coja un par de alas y se las ponga.

—¿Y cómo funcionan?

Garrapata se puso dos alas, se las ató con cuerdas a los brazos, se subió a la mesa y empezó a agitarlas. Enseguida se elevó sobre las sillas y se posó en una estantería.

—¡Hurra! Funciona.

Todos se colocaron las alas, se subieron a la mesa y se tiraron al suelo agitando los brazos.

Carafoca se dio un golpetazo tremendo.

—¡Agita más deprisa las alas!

Floripondia volaba sobre el florero, pero, al final, se dio con un armario y cayó mareada.

10 El vuelo

Las alitas - A dos mil metros
Carné de conducir - Seguidme

LECHUGA Flaca movía la cabeza, pensativo. Tenía un chichón en la frente. Su vuelo duró un segundo. Comenzó a volar y se dio con el tubo de la estufa.

—Es una estupidez. ¡Unas alitas! Yo no me las pongo más. Me las quito y me voy por las escaleras.

Y abrió la puerta de la biblioteca. Pero nada más abrir la puerta, una lengua de fuego, de chispas, un humazo le hizo cerrar la puerta.

—Me voy por el balcón.

Y abrió el balcón, se subió a la barandilla y se lanzó de cabeza al vacío. Un grito de horror se oyó en la isla. Ya iba a estrellarse contra un árbol, cuando desplegó las alas y una corriente de aire caliente le recogió y le elevó a dos mil metros de altura.

—¡Es fantástico!

Miss Laurenciana y Floripondia y los demás miraban con la boca abierta, desde el balcón.

—Está loco –murmuró Garrapata–. Va sin carné de conducir y se va a estrellar.

—Tampoco tenemos nosotros –exclamó miss Laurenciana.

—¡Es verdad! –exclamó Garrapata–. No hay tiempo de sacar el carné. Vamos –y se lanzó al precipicio agitando frenéticamente las alas–. Seguidme.

Carafoca se tapó los ojos con las manos y se tiró de cabeza. Un pico de roca le esperaba.

—Mueve los brazos, como un colibrí, a mil veces por minuto.

Carafoca se elevó y siguió la ruta que marcaba Garrapata.

11 La huida

La puerta incendiada - Los arrecifes
Gaviotas - Los cormoranes
Las avutardas

Los demás miraban, aterrados, el vuelo increíble de los dos marineros.

—¡Yo no voy! ¡Prefiero morir achicharrado! –gimió Floripondia.

—¡Y yo! –exclamó mis Laurenciana.

—¡Y yo! –repitieron todos los demás.

Nada más decir esto, la puerta de la biblioteca estalló en chispas, astillas, humo y enormes llamaradas. Nadie dijo nada. Un grito, dos, siete y todos se tiraron de cabeza agitando las alas en el aire puro de la mañana. Todos fueron de coronilla a los espantosos arrecifes, batidos por las olas del río. Ya iban a estrellarse en ellos, cuando vieron

126

cómo cien gaviotas, sacudiendo sus alas, se precipitaban sobre la espuma, capturaban con su pico un barbo o una tenca y ascendían luego, con su presa, hacia las alturas.

—¡Ánimo! Imitad a las gaviotas. Coged un pez y arriba –gritó miss Laurenciana.

Esto los salvó. Miss Laurenciana plegó primero las alas, metió la cabeza en una ola, cogió un salmonete y salió disparada hacia el etéreo, sacudiendo los brazos con increíble rapidez. Carafoca cogió, entre sus fauces, un pez espada y Lechuza Flaca un besugo; luego ascendieron, desde el agua, a mil metros sobre el nivel del mar.

—¡Eh! –les gritó Garrapata–. Huyamos raudos, sigamos esa bandada de cormoranes.

Unos cinco mil cormoranes, grazna que te grazna, se dirigían al Norte. Los diez marineros se unieron a los raudos cormoranes. Pero aquellos bichos iban demasiado deprisa.

—¡Id más despacio, pajarracos! –gritó Carafoca.

Debían de dirigirse a lugares lejanos. Pronto se perdieron en el horizonte.

¡Cuá, cuá, cuá!

QUINTA PARTE
EL CHUNDARATÓN

1 Las avutardas

Avestruces - Esa avutarda fuma
La ceniza - El Fujiyama - Calzones
en la cuerda - Todos a la cantina

OTRA bandada de pájaros venía por el Oeste. Volaban más despacio, más pausados, apenas graznaban.

—¿Vais de entierro? –les chilló Carafoca.

—¡Son avutardas! –explicó Cuchareta–. Son lentas y pesadas, sigámoslas. Imitemos su lento volar y llegaremos con ellas al fin del mundo.

Las pesadas aves tardaron una hora en llegar a los navíos de la flota imperial.

—¡Mirad, avutardas! –exclamó el Emperador.

—¡Qué feas son! –murmuró Kuchillokín, que estaba, en cubierta, tumbado en una hamaca, con la pierna enyesada colgada de un palo.

—¡Y qué mal vuelan! –rezongó el Emperador.

—¡Y una va fumando y lleva pantalones! Más que una avutarda parece un señor, ¡qué raro!

Garrapata se acercó a Carafoca y le regañó:

—Majadero, apaga esa cerilla y tira ese cigarro al agua, nos van a ver.

Carafoca tiró el cigarro, que cayó en el mar, y la ceniza, en la nariz de Kuchillokín. Kuchillokín arrugó la nariz.

—Me huele a chamusquina. Algo pasa allá arriba.

—Bah, es ceniza del Fujiyama. ¡Ese maldito volcán!

Como anochecía, las avutardas se pararon a descansar en los palos del Chundaratón.

Garrapata y los suyos aterrizaron en los palos de mesana. Allí los marineros del Chundaratón habían colgado la ropa a tender. Calzones, camisas, camisetas, calcetines

y zapatos. Mientras todos dormían, Garrapata ordenó que se cambiaran de ropa.

—Coged lo que podáis y vamos abajo.
Hay que camuflarse. Refugiémonos en la
sentina.

2 Diana en el barco

La sentina - Todo se transforma
El limpiabotas - ¿Dónde está
el cocinero? - La cocina olorosa

LA sentina era un cuartucho asqueroso lleno de mil objetos inútiles y telarañas. Nadie iba por allí. Garrapata se vistió de cocinero, Comadreja de calafateador, Floripondia de grumete y miss Laurenciana de fogonero. Carafoca se puso un traje lleno de mugre con una camisa que ponía en japonés: "シエゼ大石".

—Quiele decil –dijo el Chino– "limpiabotas".

El doctor Cuchareta se vistió con un mandil verde. El reloj de sol dio las cinco y todos se tumbaron en el suelo de la sentina y se pusieron a roncar.

Cantó el gallo y el "Chundaratón" se puso

en actividad. Había en este barco doscientos marineros entre tripulantes y soldados. Aquello era un lío. Nadie se conocía, cada uno hacía lo que sabía, que era muy poco, y nadie se entendía. Todos hablaban a gritos o por señas. No obstante, el barco flotaba y se acercaba a la otra lejana orilla a atracar a Koskorrón.

—¿Dónde esta el cocinero? ¿Dónde está el cocinero? –se oyó gritar por el pasillo.

Carafoca se despertó, dio un codazo a Garrapata y le dijo:

—Levántate; llaman al cocinero.

—Pues que vaya.

—¿No te has dado cuenta? ¡Eres tú! Tú vas vestido con el mandil, el gorro blanco y el soplillo. Vete pronto a la cocina, que nos pescan.

—¿Y dónde esta la cocina?

—Por el olor lo sabrás –contestó Carafoca.

Garrapata cogió el soplillo, se puso el mandil y salió por el pasillo, olfateando en todas los rincones.

—¿Dónde está el cocinero?

—Aquí –gritó Garrapata.

—Tarde te levantas ¿Eres nuevo?

—Recién salido de fábrica.

—¿Sabes cocinar?

—Un montón.

—Ya veremos.

3 El cocinero

Kukuruchi - Carne con patatas
El Fujiyama - Los guantes
El hambriento

Eʟ que aún hablaba era Kukuruchi, chambelán segundo de Chundarata. Era muy feo y no podía mirarse a un espejo o a un cristal sin hacerlo añicos.

—Venid conmigo —ordenó Kukuruchi.

Garrapata subió a cubierta y se puso de rodillas ante el Emperador. Este habló sin mirarle.

—¿Qué hay de comer?

—Calne con patatas, señol —contestó Garrapata.

—¿Y de segundo?

—Patatas con calne.

—¿Y de postre?

—Calne de membrillo.

El Emperador quedó muy complacido de la variedad de los platos y, reparando en la extraña apariencia del cocinero, le preguntó:

—¿De dónde eres?

—De muy lejos.

—¿Cómo de lejos? –preguntó Chundarata.

—¿Ve usted el Fujiyama, majestad?

—No. Soy zurdo –reconoció el Emperador.

—Pues allí, de pequeñito, yo asaba saltamontes en el cráter, o garbanzos tostados.

—¿Y no te quemabas?

—No. Porque llevaba guantes.

—El Emperador dio la mano a Garrapata para despedirse, y notó que tenía un gancho.

—¿Os falta una mano?

—Me saltó una chispa del volcán.

—Y un ojo.

—Me saltó otra.

—¡Y un pie!

—Metí la pata en el cráter mientras asaba castañas.

El Emperador quedó muy satisfecho y dijo:

—¡Oh, cocinero! Hermoso es dar de comer

al hambriento. Dad bien de comer a la tripulación y yo os haré cocinero mayor del Palacio.

Garrapata se inclinó, le besó la punta del zapato en señal de respeto, y dijo:

—Tenéis el zapato sucio, majestad.

—Llamad al limpiabotas –ordenó el Emperador.

4 El limpia

Los zapatos de Chundarata
Las lágrimas - Betún negro
Las pelotas - Jamón serrano
¡Abajo el barco!

CARAFOCA subió asustado, se prosternó a los pies augustos del Emperador y preguntó:

—¿Qué deseáis?

—Los zapatos, sacadles brillo.

—Majestad, no tenéis zapatos.

El Emperador sonrió con amargura y murmuró:

—Los perdí en la batalla con ese Garrapata. Pero nadie me lo ha hecho notar. Me tienen miedo y nadie osa hablar en este maldito barco.

—¿Y no os lo dicen vuestros chambelanes?

—No. Disimulan y dicen: "¡Qué bellos zapatos lleváis, Señor!". ¡Son unos cobardes pelotas estos chambelanes! –el Emperador soltó unas lágrimas y añadió–: Solo tú me lo has dicho. Tú no tienes miedo de nada. Eres noble y sincero como el acero. ¿Cómo te llamas?

—Limpiabotas –respondió Carafoca.

—¡Extraño nombre y prudente eres! Dime: ¿qué puedo hacer sin zapatos? Se reirán de mí.

—Le pintaré los pies con betún negro. Irá descalzo, pero con zapatos de charol.

Carafoca le embadurnó los pies con betún, y les sacó brillo.

—¿Cómo han quedado? –preguntó orgulloso el Emperador.

—Horribles, pero dan el pego.

Y Carafoca, así que pudo, se deslizó por debajo del sillón y desapareció escaleras abajo, a reunirse con su gente. Garrapata, como cocinero mayor, había arramplado en la cocina varios jamones serranos, varias morcillas de Burgos y una garrafa de vino de Valdepeñas.

—¿Y las patatas? –preguntó Carafoca–.

¿Las patatas con carne? ¿Qué tal te han salido?

—Se han quemado.

—¿Y el membrillo?

—Salado. Hoy no ha comido nadie.

—¡Hurra! –gritaron todos. Así morirán de hambre.

—¿Y tú, Carafoca? ¿Qué estropicio has hecho?

—He pintado, con betún, los pies a Chundarata.

Una tempestad de aplausos acogió las palabras de Carafoca.

—Eres un valiente –exclamó Garrapata–, pero esta historia se ha detenido. Los acontecimientos han de precipitarse. ¡Hay que tirar abajo el barco!

5 Sabotajes

*Las tijeras - Las velas - El peluquero
Moñiko - Los cangrejos - ¿Quién ha
sido? - El Chino - Aceite de sardinas*

En ese momento, la acción se hizo trepi-
dante. Los sabotajes se sucedían por todas las
partes del barco. Carafoca fue a cortarle el
pelo al peluquero Moñiko y le birló las tijeras, en un descuido. En un descuido, Carafoca desapareció del sillón y, en un descuido, cortó con las tijeras las lianas que su-
jetaban la vela del palo mayor, las cangrejas
y la mesana. Por la tarde, cortó las cuerdas
que unían el mascarón de proa, que era un
muñeco de madera con la efigie de una vaca
lechera. Por la noche, Carafoca cortó la bar-
ba del Emperador y cortó todos los tallos de
los geranios y la soga del ancla.

—¿Quién ha sido? –vociferó aterrado el Emperador.

La tripulación formó en cubierta. El Emperador, con sus pinreles pintados de betún, repitió:

—¿Quién ha sido? ¿Quién me rapó las barbas? ¿Quién cortó la soga del ancla? ¿De quién son las tijeras?

Todos miraron al peluquero.

—Yo no he sido.

—¿Conque ha sido el peluquero? Castíguenlo –ordenó Chundarata.

El Gran Chambelán no lo pensó mucho, cogió carrerilla y dio un empujón al pobre Moñiko, el peluquero. Garrapata tuvo compasión del pobre peluquero y, con el gancho, le cogió por el aire, cuando iba derechito a la muerte, devorado por las pirañas.

—¿Qué hacéis? –se asombró el Chambelán.

—Que ese hombre no ha sido, señor.

—¿Pues quién ha sido el de las tijeras?

—El Chino.

El Gran Chambelán no lo pensó dos veces, dio un empujón al Chino y lo echó al agua.

El Chino hizo "glu glu" y desapareció entre las ondas.

—Eres un cobarde. ¡Pobre Chino! –rezongó Carafoca–. Siempre le toca a él. Ahora solo quedará de él el esqueleto pelado por esas asquerosas pirañas carnívoras.

Garrapata casi se muere de risa y contestó:

—El Chino toma aceite de sardina para desayunar y a las pirañas no les gustan las sardinas.

6 Desastre total

Los remos - El tiovivo - Adiós timón
¡Todos quietos! - La harina - La lupa
Las huellas - Rigolín

AQUELLA tarde hubo otro sabotaje. Todos los remos de babor aparecieron cortados por la mitad, con un serrucho, así es que el barco no hacía más que dar vueltas. Chundarata echaba chispas. El barco daba vueltas y los demás navíos de la flota iban estúpidamente dando vueltas detrás, como un tiovivo.

Pero eso no fue lo peor. Por la noche alguien destornilló el timón y lo tiró al mar. El Chundaratón se fue, sin rumbo, río abajo. Toda la flota se lanzó detrás, río abajo, y quedó atrapada en los pantanos de los Sapos Encarnados.

El Emperador montó en cólera. Rabiaba,

echaba espumarajos por la boca, subía y bajaba del palo mayor, mordiéndose las uñas. A las 3:45 gritó de pronto Chundarata:

—¡Que nadie se mueva! ¡Todo el mundo quieto!

Todos se quedaron quietos. El Emperador sacó su lupa y miró centímetro a centímetro el suelo de la cubierta. Algo bullía en su cabeza. Algo había tramado para descubrir al original autor.

—¿Qué era aquel algo?

La harina. Toda la cubierta estaba cubierta de harina. Por la noche, el Emperador había cubierto la cubierta con cinco paquetes de harina. Las huellas tenían que estar allí. Y allí estaban en el polvo blanquecino.

Había dos clases de huellas. Unas eran pisadas, sigilosas, continuas, numerosas. Detrás de las huellas, recorrió Chundarata el Chundaratón, de arriba abajo. Bajó las escaleras, pasó por la cocina, por la carbonera, subió al palo mayor y llegó a la cofa tras las huellas delatoras. Allí estaba Rigolín el gato.

—¿Has sido tú?

7 Huellas

El pie cilíndrico - Los ronquidos
La pata suelta - El cocinero

EL gato siguió durmiendo y Chundarata bajó con las orejas gachas.

—Seguiré las otras huellas.

Las otras huellas eran extrañas. Todas eran de un solo pie, un pie deforme, estilo elefante africano. El otro pie era más pequeño, cilíndrico, profundo, como de un ser de unos noventa kilos de peso. Era algo raro. Chundarata siguió las huellas, desde el timón hasta las escaleras, siguió, siguió y llegó hasta la sentina. Allí oyó un ruido terrible de ronquidos.

—Alguien duerme –murmuró.

Abrió y encontró ocho o diez durmientes, que roncaban a pierna suelta. La pierna más suelta era una pata de madera que dormía en una silla, su huella era cilíndrica.

—Despertad, gandules ¿De quién es esta pata?

—Mía –gritó Garrapata.

—Tú has sido entonces. Ponte la pata y sube. Irás al río de cabeza. ¿Conque cocinero, eh? Eres un espía. Las pagarás por saboteador y estafador.

Garrapata se echó a sus pies y gritó:

—¡Piedad, señor; al río, no! No sé nadar.

—Te comerán las pirañas y tu esqueleto, luego, colgará del palo mayor –masculló el Emperador.

Y Chundarata, con sangre en los ojos y rechinamiento de muelas, recorrió el camaranchón oscuro donde dormía aquella gente, que se hacinaba entre sacos de garbanzos y cestas de higos chumbos.

—¡Ah! Aquí está también el limpiabotas, el que me pintó los pies. ¿De dónde habéis salido, ratas de alcantarilla, gallofa inmunda? –gritó.

Chundarata estaba fuera de sí. ¡Qué risas nerviosas, qué chillidos, qué insultos!

—Cocinero maldito. Podríais haberme envenenado con tus comistrajos, tus setas y tu membrillo salado.

—Pero no lo hice, señor. Eso sería una cobardía. Mi código de honor no me lo permite.

—¿Código? ¿Qué código es ese, cobarde?

SEXTA PARTE
MOTÍN A BORDO

1 El documento amarillo

La sombra de Buda - Samurái
El salto - El haraquiri
El tonel

GARRAPATA sacó de su bolsillo un papel amarillento y se lo entregó al Emperador.

Este movió la cabeza:

—¡No sé leer!

—Yo tampoco –respondió Garrapata–, que os lo lea el Gran Chambelán.

El Gran Chambelán miró con desprecio el papelajo y quedó amarillo, como la carne de membrillo.

Luego, tembloroso, lo fue leyendo en voz alta:

Yo, Koskorrón, verdadero
Emperador del Japón, nombro
a Garrapata y a sus compañeros,
samuráis de honor, según
las leyes sagradas de Zaratustra.
La sombra del divino Buda
y el brazo de su señor le amparan,
en su oficio de samurái, con todas
sus normas y privilegios.

—¡Matadle! –gritó, fuera de sí, Chunda-rata–. ¡Patrañas!

Pero Garrapata dio un salto increíble, se puso la pata y cogió la espada que colgaba de un clavo del techo.

—Señol –exclamó Kuchillokín–, las normas son las normas. No se puede asesinar a un samurái, no se le puede escupir, ni insultar, ni herir, ni echar al mar, al río o a un estanque. Es la ley de Confucio.

—¿Entonces qué se puede hacer para que se muera?

—Que se mate él, con el haraquiri.

—¿Y eso qué es?

—Nada. Coge y se corta las tripas con su propia espada y se muere y ya está.

—Pues que se mate.

—No quiero –exclamó Garrapata–. Que se mate su tía.

Y Garrapata se subió raudo a su tonel y, desde allí, comenzó a dar estocadas. Pronto, alrededor del tonel, se reunieron decenas de soldados, que intentaban abatir a Garrapata.

2 LA BATALLA

El molinillo - El pirata - El atizador
La percha - ¡Una mujer!
La samuraya - El gordo - Te la vas
a cargar - El tonel - ¡Todos al palo!

EL pirata, con su famosa estrategia del molinillo, giraba vertiginoso sobre su pata y desarmaba en un instante a su adversario. Pasó media hora y la lucha continuaba. Chundarata, asqueado, cogió el atizador de la chimenea, se subió a una silla y sacudió a Garrapata en la cabeza. No pudo hacerlo. Miss Laurenciana salió de un armario y atizó a Chundareta, con una percha, en las costillas.

—¡Atrás, cobarde!

—¡Atiza! ¡Una mujer! –exclamó sorprendido Chundareta.

—No. Una samuraya. Yo también tengo

un papel amarillo, sellado y firmado por Coscorrón, Emperador del Japón, y soy un guerrero como tú y atizo fuerte.

—¡A mí, mis samuráis! –gritó entonces el Emperador–. Yo también tengo samuráis, como ese majadero de Koskorrón.

Un hombre gordo de unos doscientos kilos entró por la puerta de la habitación. Tenía la cabeza cuadrada, como una caja de galletas, no portaba armas, sino unos puños como mazos de partir adoquines.

—Machaca a ese –ordenó el Emperador, señalando a Garrapata.

El hombre levantó el puño, lo bajó y destrozó el tonel donde estaba encaramado Garrapata. Garrapata cayó al suelo, entre un montón de tablas y astillas. Garrapata regañó duramente al samurái de cien kilos con estas palabras:

—¡Uf! ¡Te la vas a cargar! ¿Sabes lo que vale un tonel?

Él le miró desconcertado.

—No lo sé. No tengo ni idea –respondió.

—Pues cuenta, cuenta lo que vale cada tabla y verás.

Y el samurái comenzó a contar con los dedos cada tabla. Mientras, Garrapata cogió la espada, abrió la puerta y gritó a los suyos:

—¡Todos al palo!

—¿A qué palo? –preguntó Carafoca.

—¡Pues al palo mayor! ¿A cuál va a ser?

3 El balancín

La vela mayor - Gavia baja
Gavia alta - Juanete bajo - Juanete alto
El sobrejuanete - A la cofa - Ciento
ochenta kilos - Ciento veinte kilos
Ochocientos kilos

Todos los garrapateros salieron bufando.

—¡Tonto el último! –gritó Carafoca.

El último iba el Chino, que subía los escalones, de cuatro en cuatro, tirando puñados de arroz a los ojos de Chundarata, que le seguía ciego de rabia. Más atrás galopaban los diez samuráis del Emperador.

—¡Ven acá, maldito chino! No te escaparás –gritaban fuera de sí el Emperador y sus diez samuráis. Al llegar a cubierta, Garrapata ordenó:

—¡Rápido, todos trepando por el palo mayor!

Todos los garrapateros treparon por el palo mayor y se agarraron a la verga de la vela mayor, como una panda de cuervos.

—¡Más arriba!

Todos treparon a la verga de la gavia alta.

—¡Más arriba, he dicho!

Todos treparon a la vela del juanete bajo.

—¡Más arriba! –vociferó Garrapata fuera de sí.

Todos subieron a la vela del juanete alto.

—¡Más arriba, que vienen!

Los garrapateros subieron a la vela del sobrejuanete, que era la última vela.

—Más arriba.

—¡Solo queda la cofa! –gritó el Orangután.

—Pues todos a la cofa.

Con tanto peso, el palo mayor empezó a inclinarse, inclinarse, hundirse hacia babor, donde se arracimaba toda aquella gente. Llegó trepando Garrapata y se inclinó más, llegó Tocinete con sus ciento cincuenta kilos y ya no pudo más. El casco del buque se escoró, se escoró, se escoró aún más; el palo se inclinó diez grados, quince, veinte, treinta, treinta y tres, cuarenta, cuarenta y cinco grados, y el barco casi da la vuelta y se hunde.

—¡Poneos al otro lado de la cofa!

Tocinete, que pesaba ciento ochenta kilos, se puso al otro lado de la cofa, y luego la Armadura, que pesaba ciento veinte, y todos los demás, que entre todos pesaban ochocientos kilos.

4 El columpio

El péndulo - Las truchas - El veneno
45° a babor - 45° a estribor
El baile del sillón rodante
Cardenales y chichones

EL palo mayor se inclinó hacia la otra parte y fue a tocar el mar por parte de babor con una inclinación también de 45°. La estrategia del columpio, que tan famoso había hecho a Garrapata en el siglo XIX, se cumplía también en el siglo XIII, con esta arriesgada maniobra. Ahora para acá, ahora para allá, las pirañas y las truchas se quedaban bizcas. Nunca se había visto en el río Katami algo parecido, ¿y por qué lo hacía Garrapata? ¿Por qué ese vaivén? Para marear al malvado Chundarata, que, sentado en su sillón de rue-

das, miraba desde la cubierta y se burlaba de los garrapateros, que, como monos, colgaban peligrosamente de las perchas de las velas del sobrejuanete.

—¡Disparadles! –decía Chundarata a los suyos–. ¡Lanzadles flechas envenenadas con veneno de avispas y de alacrán cebollero!

Eso es lo que había dicho, mientras los garrapateros subían. Ahora, con la estrategia del columpio inventada por Garrapata, Chundarata las pasaba moradas. La cubierta unas veces se inclinaba 45° a un lado; inmediatamente después, se inclinaba al otro lado.

El sillón rodante de Chundarata se deslizaba de un extremo al otro de la cubierta y se golpeaba con la borda; unas veces se chocaba a babor; otras, a estribor. Las catapultas, las máquinas de guerra, las carretas llenas de proyectiles, que estaban todas montadas sobre ruedas enormes de madera, bailaban el charlestón sobre cubierta, golpeándose unas a otras o contra las paredes de la cubierta. Era horrible.

¡Qué carreras de los soldados para evitar terribles atropellos, qué piernas rotas, qué zapatos perdidos, qué saltos de cabeza al mar, qué chichones, qué cardenales, qué espachurramientos!

5 Triunfo final

¡A la bodega! - ¡Hurra! - Golpes en la escotilla - ¿Dónde está Carafoca?

—¡A LA bodega! –ordenó el Emperador Chundarata–. ¡Que nos caemos al mar! ¡Que nos pillan las máquinas!

—¡A la bodega, que esto se pone feo! –gritó Kuchillokín.

—Más feo eres tú –masculló Garrapata agarrado a la cofa y tocando con los pies la espuma del mar.

Los chundarateros huyeron, como conejos, a refugiarse en la bodega. Cerraron las escotillas y no quedó ni una rata en la cubierta.

—¡Todos abajo! Hemos vencido con la ley del balancín –gritó Garrapata.

—¡Hurra! –gritaron todos–. ¡Viva Garrapata!

Dentro de la bodega Chundarata, Kuchillokín y unos cien soldados y marineros golpeaban en la escotilla. El ruido era terrorí-
fico.

—¡Abridnos! –gritaban–. Seremos buenos.
No os haremos nada, os dejaremos marchar.
Aquí hace calor. ¡Abrid!

Pero Garrapata echó bien el candado, lo
cerró con siete vueltas y preguntó:

—¿Dónde está Carafoca? Hace un siglo
que no le veo.

Carafoca había desaparecido en la batalla.
Nadie lo había visto en el palo mayor, donde
se había celebrado la gran batalla aérea.

—¿No le visteis subir al palo mayor?

—No.

—Se equivocaría y subiría a otro palo. Es
bastante tonto.

Todos miraron al palo de mesana y allí no
había nadie. Garrapata miró una por una las
velas, las jarcias, los juanetes, los sobrejuanetes y no encontró ni rastro. Hubo un si-

lencio angustioso, solo interrumpido por los golpes de los encerrados en la bodega.

—Lloremos por Carafoca –murmuró Garrapata. Ha desaparecido en el combate.

—Lloremos –gimió el Chino.

6 Las aceitunas

Llanto por Carafoca - ¡Un tonel!
Dos manos - Rodando al mar
El sueño - Consejo de guerra
¿Quemamos el barco?

Todos lloraron un cuarto de hora por el infeliz marinero. Seguían llorando, cuando Lechuza Flaca, que estaba mirando al mar, dio un grito:

—¡Un tonel!

—¡Es el barril de las aceitunas! –aclamó el Chino–. Se han comido las aceitunas y lo han tirado por la borda. ¡Qué glotones!

—¡Hay dos manos! –gritó Garrapata–. ¡Dos manos agarradas al borde! ¡Puede ser Carafoca!

Tocinete descolgó una barcaza con el cabrestante y el Orangután, la Armadura y Lechuza Flaca remaron hasta el tonel. Dentro, estaba durmiendo Carafoca.

—¿Qué haces aquí? –preguntó Lechuza Flaca.

—Estoy durmiendo –respondió Carafoca.

—Majadero, ¡y nosotros partiéndonos la cara en el palo mayor!

—Tenía hambre, vi las aceitunas, me las comí, me metí en el tonel para echarme la siesta, el barco se inclinó y mira dónde estoy. Salí rodando y terminé en el mar.

—Venga, vamos al barco. Hemos vencido, pero solo por unos momentos. La fiera va a salir bufando de la bodega.

—¿Qué fiera?

—Chundarata.

Al subir Carafoca a la cubierta, Garrapata le dio una patada terrible en el menisco y le gritó:

—¡A la próxima, consejo de guerra! Y ahora, todos a desembarcar en tierras de nuestro verdadero emperador, Koskorrón. Corramos al castillo, rápido.

—¿Por qué? ¡Si ahora somos dueños del Chundaratón!

—Porque será peligroso estar aquí, cuando salga Chundarata –contestó Garrapata.

—¡Ojo! La puerta ya no aguanta más. El toro va a salir –chilló el Chino.

—¿Y si quemamos el barco? Se quedaría ahí achicharrado –propuso Lechuza Flaca.

Garrapata le miró, lleno de ira, y respondió:

—Jamás. Yo soy un samurái y lucho a estacazo limpio y no con cerillitas. Eso es de cobardes, de mezquinos, como tú, que venderías a tu abuela por un cromo.

7 El volcán

*De cabeza - La estrategia del
mosquito - La hoguera y las lentejas
La erupción - Cien hombres*

En ese momento, los golpes, los bramidos, los insultos, las terribles amenazas arreciaban en el fondo de la bodega. Como la caldera de un volcán brilla, resopla, crepita y deja escapar vapores y fumarolas, presagio de una terrible erupción de fuego, lava y piedras incandescentes, así retumbaba el fondo del sollado. La puerta iba a estallar. Garrapata gritó:

—Vámonos. Esto va a reventar. Saldrán los doscientos marineros furiosos, echando espuma, mordiendo, escupiendo fuego y espumarajos y nosotros solo somos diez. Lo mejor es bajar a tierra y refugiarse en el castillo de Koskorrón, nuestro señor. Allí los esperaremos. ¡Vamos todos a tierra! ¡Es una orden!

Y Garrapata se tiró de cabeza a la orilla cenagosa y todos los garrapateros, como sapos asustados, se tiraron de cabeza, con sus bártulos de mano, sus hatos de ropa y sus trebejos y útiles de trabajo.

—¡Vamos, antes de que oscurezca! –gritó Garrapata.

Y corrieron entre los álamos, robles y olmos, juncos y cañaverales, hasta llegar a unos altozanos o montecillos próximos.

—¡Estrategia del mosquito! –gritó Garrapata.

Miss Laurenciana recogió leña y en el claro de un bosque encendió una cerilla para preparar la gran estrategia de su señor Garrapata.

—¿Qué pongo de cebo? –preguntó la anciana.

—Pon lentejas con chorizo. Mucho chorizo para que huela bien, laurel y cebolla –contestó Garrapata–. Verás cómo acuden como mosquitos al vinagre.

En ese momento, la puerta de la bodega del barco estalló a lo lejos. En el atardecer se veía, desde el escondite de Garrapata, las sombras furiosas de los chundarateros y los gritos de Chundarata que decían:

—¡Veo en el bosque una hoguera! ¡Huelo a lentejas! Esos torpes cenan allá, creyendo que no se les ve: iremos, los mataremos y nos comeremos las lentejas de ese majadero de Garrapata.

Los doscientos hombres bajaron furiosos, llenos de armas y espumarajos y, en media hora, silenciosos como chacales, se acercaron a la hoguera donde Garrapata había preparado la trampa.

8 El árbol

Adoquines - Las lentejas - Gaviotas
Las muñecas - Las cachiporras
¡Granuja! - Los torreznos - La huida
Algo pasa

Los hombres garrapateros, subidos a un enorme árbol que cubría con sus largas ramas la hoguera donde cocían las lentejas, habían cargado con ellos piedras enormes, ladrillos y adoquines, para lanzarlos contra los soldados chundarateros.

—¡Ya vienen! –murmuró Floripondia.

Igual que los mosquitos trompeteros acuden a los hogares humanos, atraídos por la luz y el olor a sangre fresca, así, por el resplandor de la hoguera y el perfume de las lentejas, se acercaron los chundarateros.

Llegaron, pues, los chundarateros, levan-

taron sus garrotes para exterminar a Garrapata y a los suyos, y...

Había preparado Garrapata unos muñecos
de paja que, con el humo y las tinieblas noc-
turnas, semejaban hombres que se inclinaban
sobre la hoguera y cenaban tranquilamente.
Era todo apariencia, trampa y emboscada sa-
biamente preparada por Garrapata.

—¡Son ellos! –susurró Kuchillokín–. Aquella sombra o bulto es Garrapata. ¡Aquel es
Carafoca!

Mentira. Estaban equivocados. Llegaron
los chundarateros, levantaron sus espadas y
cachiporras, y una lluvia de piedras, de ladrillos, de cascotes, de sartenazos cayeron llo-
vidos del cielo sobre los ingenuos soldados
de Chundarata.

—¡A correr todos! –chillo Kuchillokín–.
¡Traición, emboscada! ¡Estrategia del mosquito, trampa, engaño! El truco del almendruco!

No todos corrieron, porque quedaron allí,
entre los platos de lentejas y las sartenes,
unos cuantos chundarateros, achicharrados a
sartenazos y coscorrones.

Garrapata celebró la victoria cenándose

las lentejas con chorizo y una buena sartenada de torreznos. Nada más terminar, y aprovechando la confusión de la victoria y la noche, se dirigieron hacia el castillo de su señor Koskorrón, que, desde la ventana de su alcázar, veía cosas muy raras en el oscuro campo.

SÉPTIMA PARTE
EL ASALTO TERRIBLE

1 La puerta secreta

Sombras - Los árboles movedizos
¡Pom, pom, pom! - Pasen sin llamar
El coscorrón - La patada

—Mira, sombras —murmuró aterrado Koskorrón.

Su mujer, la emperatriz Kuchikuchi, miró y no vio nada raro.

—Veo sombras —dijo—, pero son los árboles. Pinos, robles, sauces, buganvillas, olmos y otras especies arbóreas.

—Es que se mueven de acá para allá —repuso Koskorrón.

—Serán vacas u ovejas que pasan.

—Se están acercando al puente levadizo —exclamó, lleno de pavor, Koskorrón.

El Emperador, espantado, se metió debajo

de la cama. Enseguida sonaron unos golpes terribles en la puerta de la muralla:

—¡Pom, pom, pom!

Nadie contestó. Ningún centinela abrió, ni acudió a la puerta.

—¡Ah del castillo! –gritó una voz desde fuera.

Era Garrapata. Garrapata golpeó setenta y tantas veces y, harto de que nadie contestase, exclamó:

—¡Algo raro pasa en Dinamarca! ¡Entraremos por la puerta secreta! ¡Vamos! ¡Seguidme!

—¿Dónde está? –preguntó Carafoca–. ¿Dónde esta la puerta secreta?

—No lo sé. Nadie sabe dónde están las puertas secretas, por eso son secretas –repuso Garrapata.

Garrapata recorrió cautelosamente la muralla y a quinientos pasos encontró un cartel:

> PUERTA SECRETA
>
> PROHIBIDO EL PASO

Carafoca no lo pensó dos veces. Se lanzó de cabeza a un oscuro pasadizo que se adentraba en la muralla. Enseguida apareció con un enorme chichón en la frente.

—Si es secreta, tiene que haber algún mecanismo que la abra. Búscalo.

El doctor Cuchareta lo buscó y no encontró resorte ni artilugio alguno en aquella masa de piedras ciclópeas y silenciosas que cerraban el oscuro pasadizo.

—Habrá que dar una patada, como siempre –refunfuñó Garrapata.

—¿Y quién la da? –preguntó el Chino.

Nadie contestó, pero todas las miradas se dirigieron a él. El Chino cogió carrerilla, levantó con fuerza la pierna y dio una tremenda patada a una enorme piedra berroqueña.

2 La escalera

EL Chino quedó hecho polvo, pero una puerta hábilmente disimulada en la pared se abrió un poco, con un gran crujido.

—¡Empujad! –ordenó Garrapata.

Empujaron y, después de treinta y siete minutos, la puerta cedió con gran rechinamiento de goznes, vampiros y murciélagos.

—Hace más de dos siglos que esta puerta no se abre. ¡Vaya caracoles y cucarachas! ¡Y cómo huele a ratones! –exclamó miss Laurenciana.

Una hora tardaron los piratas en cruzar decenas de corredores, sin luz ni cerillas ni

186

187

faroles de aceite. Pero lo más terrible fue que no había escalera alguna para subir a los pisos superiores.

—¿Cómo subiremos al palacio? Estos son los sótanos. Pero no hay escaleras. Los arquitectos se olvidaron de ellas.

De pronto, Floripondia dio un grito.

—¿Qué ocurre? –preguntó Garrapata–. ¿Una escalera?

—No. ¡Una cuerda colgada del techo y un agujero al final de la soga!

Todos se reunieron alrededor de la cuerda.

—¿Quién sube? ¿Será una trampa? ¿Se partirá la cuerda?

—Que suba el más delgado, para que no se rompa.

El Chino quiso huir, pero cien manos le pescaron en la oscuridad y el pobre oriental subió por la mugrienta soga. Subió y desapareció por un agujero.

—¿Se ve algo? –preguntaron desde abajo.

—Nada. Es la carbonera –respondió el Chino.

—¿Y qué hay? –preguntaron.

—¡Carbón de encina para la cocina!

188

—¿No hay ninguna escalera de mano?

—Sí. Hay una muy larga y muy sucia de madera.

—Échala.

El Chino, con mucho esfuerzo, deslizó por el agujero una escalera que nunca se acababa y por ella, con enorme dificultad, subieron todos, uno por uno. El último, Tocinete. Pero Tocinete quedó incrustado en el agujero y solo con aceite y jabón pudo ser liberado. En ese momento, los acontecimientos se precipitaron. La escalera se partió de puro vieja. Lechuza Flaca, sin querer, fue a cogerla; resbaló, se cayó por el agujero y hubo que dejarle en el sótano.

3 La vida es sueño

¡No me dejéis! - Todos duermen
en Zamora - Los jenízaros - ¡Váyase
al cuerno! - Estamos aquí

—¡No me dejéis aquí! ¡Tengo miedo! –gritaba.

—Adelante –dijo Garrapata–. Dejadle ahí, no hay tiempo. Volveremos por ti, Lechuza Flaca.

Y las huestes de Garrapata siguieron su marcha. Por todos los corredores roncaban los centinelas.

—¡Vaya castillo! Todos duermen en Zamora, mientras los enemigos se acercan sigilosos. ¡Qué raro! ¡Vayamos a despertar al Emperador y salvarle!

Garrapata recorrió pasillos, escaleras, salones y llegó a la Sala de los Libros Carcomidos. Era la antesala del Gran Dormitorio. El pirata pidió permiso a los cuatro jenízaros que hacían guardia en la puerta, metidos en sus armaduras de acero.

—¿Puedo pasar?

Pero los guerreros dormían también dentro de sus cáscaras de hierro, se les oía roncar. Garrapata llamó con los nudillos a la puerta del Gran Dormitorio.

—¿Da usted permiso, majestad?

—¿Quién es?

—Garrapata.

—¡Por las barbas del divino Confucio! ¿Es posible?

—Sí.

—¿Sabéis la contraseña?

—¡Váyase al cuerno! ¡No te fastidia!

—¡Esa es la contraseña! ¡Pasad!

Garrapata entró y no vio a nadie. La cama estaba perfectamente hecha y nadie reposaba en ella. Solo un osito de peluche y un gato de angora que dormía profundamente sobre la colcha. Garrapata miró debajo de la cama y no había nadie.

—¿Dónde estáis, majestades?

—Aquí –rieron Koskorrón y su esposa.

Garrapata miró detrás de las cortinas, debajo de la mesa, detrás del biombo, y no los encontró. Dos cabezas asomaron por encima del gran dosel de la cama real.

—Estamos aquí. En la guerra hay que camuflarse, esconderse. Esta noche hemos pasado miedo. Han golpeado la puerta de la calle, hemos visto sombras oscilantes, hemos oído ruidos.

4 Los bizcochos borrachos

La fiesta - Los bizcochos - El velador
Un espía - Puente de plata
Puente de oro

Los monarcas bajaron por las columnas de la cama hasta el suelo y se sentaron en dos butacas de terciopelo. Garrapata les besó los pies, como gran vasallo y samurái de honor, y preguntó:

—¿Y ese sueño general? Todo el mundo ronca en el palacio. Todos duermen en Zamora, roncan y tienen los ojos cerrados.

—Razón tenéis; ayer di una fiesta a los nobles de mi pequeño territorio y un noble repartió, en el postre, unos bizcochos borrachos.

—¿Es posible? Tenía que ser un traidor.

—Sí. Lo peor es que estaban tan ricos los

borrachos que todo el mundo comió docenas y docenas de ellos.

—¿Y se emborracharon?

—Se emborracharon. Tenían los bizcochos un vino, tan rico y dulce, que se subía a la cabeza. Yo comí uno y comencé a ver sombras oscilantes.

Garrapata dio un puñetazo en el velador de marfil y lo rompió en mil pedazos.

—¡Eso es cosa de Chundarata! –gritó–. Chundarata se acerca, le huelo. Está a las puertas. Seguro que el de los borrachos era un espía de Chundarata.

—No me digas, Garrapata. ¿Tan cerca está Chundarata?

—Sí. El enemigo está a las puertas y dicen que a enemigo que huye, puente de plata –exclamó Garrapata–. Tenderé ese puente.

—¡Pero este enemigo no huye, este se acerca! –murmuró la Emperatriz–. ¿Qué puente se va a poner a uno que ataca?

—Puente de oro; a enemigo que viene, puente de oro. Abramos la puerta a nuestro enemigo –exclamó resueltamente el gran Garrapata.

5 El ariete

El primer golpe - No cerréis la puerta
Los trescientos con el ariete
Eran ochocientos - Trescientos quince
kilómetros por hora - La cuerda
atravesada

GARRAPATA abrazó a Koskorrón y salió corriendo al patio de armas, pues un terrible golpe en la puerta había hecho vibrar la madera de secuoya moruna con la que estaba fabricada.

—¡Abrid la puerta, en nombre de Chundarata! –gritaron los enemigos.

El golpe terrible hizo levantarse a todos los centinelas y soldados de Koskorrón de su borrachera y acudieron todos a cerrar bien la puerta, con aldabas y cerrojos, puntales, vigas y toda clase de tarugos.

—No –dijo Garrapata–, no cerréis. ¡Abrid!

—¿Abrir?

—Sí. Vienen cien soldados con un ariete o poste con cabeza de hierro y plomo, que pesa dos mil kilos. Vienen de carrerilla, desde lo bajo del monte, a una velocidad de trescientos quince nudos por hora y producirán un impacto en la puerta, como la erupción del Fujiyama del 315. Si la golpearan, la mandarían de sombrero a la torre.

Los soldados se pusieron a temblar.

—¿Y qué hacemos? ¿Habrá que echar candados y cerrar a cal y canto?

—¡No! Abrid la puerta y poned una cuerda de lado a lado, para que tropiecen los transportistas del pesado ariete.

—¡Se caerán todos! –murmuró miss Laurenciana.

—Sí. Se caerán y el ariete saldrá disparado por encima de la torre.

En efecto, a la media hora, los vigías de la torre de control gritaron desde sus puestos de observación:

—¡Ariete a la vista! ¡Ocho mil kilos y trescientos soldados! ¡Velocidad de crucero, ochocientos por hora! ¡Rumbo puerta de entrada 45 grados Norte, 65 Oeste!

A los siete minutos asomó la primera pierna de un soldado, y apareció la cabezota del ariete con cuernos de bronce retorcidos y cara furibunda de carnero rabioso. Faltaba un milímetro, mejor dicho, un diezmilímetro, para que el ariete sacudiese la puerta cuando Garrapata mandó abrirla repentinamente.

—¡Abrid la puerta rápido, que nos sacude!

6 La puerta inexpugnable

*El ariete volador - Ochocientos
caballos - Diez mil setecientas
veinticinco flechas - El erizo
Las doce en punto*

EL portero abrió la puerta, y el ariete y sus ochocientos porteadores chundarateros se encontraron con el vacío; las mil seiscientas piernas se toparon con la cuerda, tropezaron, se cayeron, y el ariete, a ochocientos por hora, se escurrió de sus manos y voló, voló, voló solito por encima de la torre del homenaje, en dirección al Monte de los Escarabajos.

—¡Hurra! –gritaron los soldados de Koskorrón.

—¡No gritéis! –exclamó Garrapata–. Daos prisa, echad ahora el rastrillo de hierro. Oigo

198

cascos y veo chispas por la cuneta. ¡La caballería se acerca! ¡Ya está aquí, ya entran! ¡Rápido!

Los de la puerta soltaron el rastrillo y cayeron, de pronto, los cinco mil kilos de hierro como un cuchillo de cortar bacalao. Los ochocientos caballos y los ochocientos caballeros se estrellaron contra aquella terrible reja de hierro. Garrapata se partía de risa. Los ochocientos caballeros volvieron pronto la grupa y huyeron, cuesta abajo, con sus ochocientos caballos, entre una lluvia de silbidos e insultos.

—¡Hurra! –gritaron los defensores.

—¡Quitaos de ahí, tiran flechas! –bramó Garrapata.

Era verdad, nada más decir esto, se oscureció el sol y llegaron las flechas. Eran unas diez mil setecientas veinticinco flechas feas y venenosas, como una nube de langostas.

—¡Cerrad ahora las puertas de madera! ¡Las flechas vendrán por ahí, en dirección a la puerta!

En efecto, una granizada, un diluvio de flechas se precipitó contra la puerta de madera recién cerrada. A la media hora, dejó de oírse la terrible tormenta y Garrapata mandó abrir la puerta erizada de púas.

—Parece un erizo –exclamó Garrapata.

—Más bien, un puerco espín –rió la Armadura.

—¡Arrancad las flechas, saetas o dardos y haced gavillas de cien en cien! Ya tenemos flechas para nuestros arcos –ordenó Garrapata.

A todo esto, el reloj de sol dio las doce y todos los héroes se sentaron en las mesas de madera y pidieron de comer.

—¡Qué queréis!

—Torreznos fritos, un huevo frito, patatas fritas, tomate frito y pescaíto frito –respondieron a una.

—Aquí están los torrez...

No pudo terminar.

7 Los proyectiles

Comida interrumpida - Echar piedras
Los adoquines - La losa de Carafoca
Aceite de sardinas

Un adoquín cayó en el centro de la mesa e hizo un agujero tremendo en el mantel. Los torreznos, el huevo, las patatas, el tomate salieron por el aire.

—¡Todos a las murallas! –gritó Garrapata–. ¡Otra vez el enemigo!

Era tarde. Los de Chundarata habían cruzado ya el puente levadizo y con tenazas, palancas y palanquetas, sierras y limas, estaban serrando el rastrillo para entrar.

—¡Echad flechas por las aspilleras! –ordenó Garrapata.

Comadreja llegó con la carretilla llena de cascotes y los echó por el agujero de la barbacana. Los de Chundarata se partían de risa. Con sus escudos se defendían de aquellos inofensivos cascotazos.

—¡Más grandes! –ordenó Garrapata a sus soldados.

El Chino llegó con otra carretilla llena de adoquines y los lanzó por la aspillera que daba sobre la entrada. De poco sirvió. Los chundarateros, con sus escudos, resistieron aquella lluvia de adoquines y siguieron serrando el férreo rastrillo.

—¡Estúpidos! –bramó Garrapata a los suyos–. ¡Piedras más grandes!

Carafoca llegó con una losa de más de dos mil quinientos kilos. La carretilla rechinaba "ris, ris, ris". Llegó Carafoca a la aspillera, volcó la carretilla y el enorme peñasco se atascó en el agujero y lo atrancó.

—¡Caracoles! No tan grandes, ¿ahora por dónde echamos los proyectiles?

El doctor Cuchareta corrió a la cocina gritando:

—¡El aceite, el aceite de las patatas y del chorizo que está hirviendo! ¡Pronto, llevad las sartenes con aceite humeante y churruscante, y echadlo por la aspillera atascada. ¡Verás cómo gritan esos canallas, se abrasan y huyen como cucarachas!

El Orangután, la Armadura y el Pulpo trajeron las enormes sartenes donde se freía el pescaíto, las patatas, el chorizo y los torreznos y las vertieron por los agujeros que defendían la puerta.

8 La gula

¡QUÉ gritos, qué saltos, qué horribles palabrotas! Floripondia cerró los ojos. Era tremendo. La joven se acordó de una espeluznante quemadura que se hizo hacía años, friendo una pescadilla. Por su parte, miss Laurenciana, llena de horror, miró por un agujero de la muralla hacia la puerta. ¿Y Chundarata, qué hacía Chundarata? Chundarata vio caer el aceite y gritó:

—¡Pronto, los paraguas! ¡Poneos los impermeables! ¡Aceite hirviendo!

Los aguerridos soldados sacaron sus paraguas y el aceite pringoso y terrible resbaló por la tela y escurrió por los impermeables. Miss Laurenciana volvió a mirar por el agujero, aterrorizada. Era espantoso lo que vio. Una masa de soldados atacantes se amontonaban sobre las losas, se retorcían, se tiraban de los pelos, se arañaban unos a otros, se golpeaban, se mordían. Daba pena. Era algo dantesco.

—¡Abrid la puerta –ordenó Garrapata– y apresadlos!

Abrieron la puerta y aquellos hombres siguieron retorciéndose y arañándose unos a otros, gritando palabrotas y juramentos horribles.

—¡Maldita sea, dame esa patata frita, yo la vi antes!

—Y yo a ti. Me has quitado ese huevo frito y esa morcilla que nadaba en el aceite ¡Caracoles!

Garrapata sonrió astutamente y ordenó:

—¡Cogedlos, atadlos y al calabozo! Han caído en la trampa de las patatas fritas a la inglesa, del chorizo de Cantimpalos y de los torreznos. ¡Miradlos cómo se matan por un plato de lentejas! ¡Hemos vencido! ¡Viva Kos-korrón!

Kuchillokín, desde una piedra lejana, se ti-raba de los pelos, al ver a sus soldados ma-tándose unos a otros por unas rodajas de lon-ganiza frita y unas tristes sardinas.

—Ese maldito Garrapata sabe mucho, pero yo le venceré. Mañana, asalto general. Pre-parad las torres, catapultas, testudes y arietes. Derrumbaremos las murallas y no quedará piedra sobre piedra.

9 El triunfo

Y, crujiendo los dientes, Kuchillokín descendió la cuesta con sus generales y oficiales.

—El divino Confucio nos ayude. Mañana serán nuestros –iba mascullando.

Y desapareció en su tienda de campaña. El que apareció por la ventana del castillo fue el gran Emperador Koskorrón. Todo el tiempo de la batalla lo había pasado orando ante una enorme estatua de Buda que tenía en la pagoda imperial.

—¡Oh, Buda pensativo, Rey del tiempo y del espacio, da fuerza a Garrapata en su brazo, e iluminación a sus circunvalaciones cerebrales para vencer al traidor Chundarata. Nuestra patria lo necesita y mis leales vasallos lo merecen. Haz que Carafoca no meta la pata demasiado y que el envidioso y fatídico Lechuza Flaca no vaticine resultados funestos... Haz que la hermosa Floripondia traiga a estos campos la primavera...

No pudo acabar. Se oyeron las voces alegres y victoriosas de los soldados que gritaban:

—¡ンチンアルゼル! [1]

Y Koskorrón dejó de rezar y se asomó al balcón. Al verle, los soldados ondearon banderas y se postraron en señal de acatamiento y admiración. Enseguida el Emperador Koskorrón ordenó a los cocineros que prepararan un extraordinario banquete a base de caviar, salmón y nidos de golondrina, y mandó también encender los candelabros del salón y sacar brillo al sillón imperial, para ofrecer a Garrapata la espada de Oro del Gran Samurái.

---

[1] En japonés: "¡Hurra! ¡Viva mi tía!". (Nota de la embajada de Japón en Hong Kong.)

208

A las 4:25 entró Garrapata y todos los candelabros resplandecieron. Pero cuando entró Floripondia una luz cegadora ofuscó los ojos de todos los circundantes.

Ya iba el Emperador a entregar a Garrapata la espada, cuando algo extraño ocurrió que le impidió consumar su deseo.

¿Qué fue? No lo sé, pero os prometo enterarme y contároslo en el próximo libro, así que consulte los antiquísimos incunables que narran esta historia extraordinaria que ocurrió hace muchos siglos.

ÍNDICE

211

SEGUNDA PARTE
EN TIERRAS DE CHUNDARATA

🌶

TERCERA PARTE
LA BATALLA

213

214

215

QUINTA PARTE
EL CHUNDARATÓN

217

218

219

¿QUIERES LEER MÁS?

SI TE LO HAS PASADO FENOMENAL LEYENDO **EL PIRATA GARRAPATA EN JAPÓN** PORQUE TE HAS REÍDO TANTO COMO CUANDO LEES TEBEOS O VES DIBUJOS ANIMADOS, no te pierdas los demás títulos de la serie protagonizada por este divertidísimo pirata inglés, capaz de aterrizar con su tripulación en cualquier siglo, a cualquier hora y en cualquier lugar del mundo.

EL PIRATA GARRAPATA
Juan Muñoz Martín
EL BARCO DE VAPOR SERIE NARANJA

SI TE VAN LAS HISTORIAS DE PIRATAS UN POCO TONTORRONES, NO DEJES DE LEER **QUIEN ENCUENTRA UN PIRATA, ENCUENTRA UN TESORO,** la historia de una banda de piratas ladrones que actúa en una línea de autobuses municipales.

QUIEN ENCUENTRA UN PIRATA, ENCUENTRA UN TESORO
Guido Quarzo
EL BARCO DE VAPOR SERIE NARANJA, N.º 110

Y TAMBIÉN **¡UNA DE PIRATAS!**, que cuenta lo mal que les fue a unos malvados piratas desde el momento en que se les ocurrió secuestrar a una bella princesa.

¡UNA DE PIRATAS!
José Luis Alonso de Santos
EL BARCO DE VAPOR SERIE NARANJA, N.º 112

SI BUSCAS MÁS LIBROS COMO ESTE, QUE SE PUEDEN LEER DE UN TIRÓN Y SIN PERDER NUNCA LA SONRISA, LÉETE TODOS LOS TÍTULOS DE LA SERIE DE **FRAY PERICO Y SU BORRICO**, protagonizados por un fraile de un convento franciscano de Salamanca, tan sencillo y tan alegre que va haciendo el bien por donde pasa.

FRAY PERICO Y SU BORRICO
Juan Muñoz Martín
EL BARCO DE VAPOR SERIE NARANJA

¡Déjate caer por un portal para gente como tú! tuclasedeclase.com